AF094135

www.ingramcontent.com/pod-product-compliance
Lightning Source LLC
LaVergne TN
LVHW020447070526
838199LV00063B/4873

9789358726749

الاؤ

(ناول)

ایم مبین

© M. Mubeen

Alaav (Novel)

by: M. Mubeen

Edition: March '2024

Publisher :

Taemeer Publications LLC (Michigan, USA / Hyderabad, India)

ISBN 978-93-5872-674-9

9 789358 726749

مصنف یا ناشر کی پیشگی اجازت کے بغیر اس کتاب کا کوئی بھی حصہ کسی بھی شکل میں بشمول ویب سائٹ پر اَپ لوڈنگ کے لیے استعمال نہ کیا جائے۔ نیز اس کتاب پر کسی بھی قسم کے تنازع کو نمٹانے کا اختیار صرف حیدرآباد (تلنگانہ) کی عدلیہ کو ہو گا۔

© ایم مبین

کتاب	:	**الاؤ** (ناول)
مصنف	:	**ایم مبین**
پروف ریڈنگ / تدوین	:	**اعجاز عبید**
صنف	:	ناول
پتہ مصنف	:	۳۰۳۔ کلاسک پلازہ، تین بتی بھیونڈی (ضلع تھانہ، مہاراشٹر)
ایمیل مصنف	:	mmubin123@gmail.com
سالِ اشاعت	:	۲۰۲۴ء
صفحات	:	۱۱۸
سرورق ڈیزائن	:	تعمیر ویب ڈیزائن

صبح جادو بکھیرتی ہوئی نمودار ہوتی ہے۔

ہر فرد کے لیے اس میں ایک الگ طرح کا جادو ہوتا ہے اور وہ اس میں اپنے مقصد کا جادو تلاش کرتا ہے

محنت کشوں، مزدوروں، نوکر پیشہ، طلبہ، تاجر ہر طبقہ کے لیے صبح میں ایک اپنا منفرد جادو نہاں ہوتا ہے۔

لیکن صبح کبھی بھی جمی کے لیے جادو سی محسوس نہیں ہوتی تھی۔

وہ تو رات کا راجہ تھا۔ اس کا دل چاہتا تھا اکثر اس کی زادگی میں صرف زندگی بھر کی رات ہی رہے تو بھی یہ اس کے لیے خوشی کی بات ہے۔ وہ اسی میں خوش رہے گا اور جشن منائے گا۔ وہ اس رات کی صبح کا کبھی انتظار نہیں کرے گا۔ اسے کبھی صبح کا انتظار نہیں ہوتا تھا۔ صبح کی آمد اس پر ایک بیزاری سے کیفیت طاری کرتی تھی۔ اور اسے محسوس ہوتا تھا صبح نہیں آتی ہے ایک عفریت آتا ہے۔ اس کی خواہشوں، ارمانوں، احساسات، چستی، پھرتی، شگفتگی کا خون چوسنے کے لیے۔

دن کے نکلنے پر اسے وہی ساری کام کرنا پڑیں گے جو اسے پسند نہیں ہے۔ اس کے آزادی سلب ہو جائے گی وہ غلام بن جائے گا اور ایک غلام کی طرح رات کے آنے تک وہ کام کرتا رہے گا جو اس کے ذمہ ہے۔

دن اس کے لیے غلامی کا پیغام لے کر آتا ہے تو رات اس کی آزادی کا سندیش۔

بار بار وہ اس دن کو کوستا تھا جب اس نے اپنے چاچا کے کہنے پر پنجاب چھوڑنے اور اس چھوٹے سے گاؤں میں چاچا کا کاروبار سنبھالنے کی حامی بھری تھی۔

اس کے حامی سن کر تو اس کے چاچا کرتار سنگھ کے چہرے پر خوشی کی لہر دوڑ گئی تھی۔ اس نے اپنے چاچا کے چہرے پر جو اطمینان کی لہر دیکھی تھی وہ لہر اس نے اپنے باپ اقبال سنگھ کے چہرے پر اس دن دیکھی تھی جس دن اس کی بڑی بہن کا بیاہ ہوا تھا۔ ایک فرمان کی ادائیگی کے بعد دل کو قلبی سکون ملتا ہے اور چہرے پر جو اطمینان کے تاثرات ابھرتے وہی تاثرات کرتار سنگھ کے چہرے پر تھے۔

"پُتر ا۔۔۔ آج تو نے میری سب سے بڑی مشکل آسان کر دی۔۔۔ ورنا میں تو مایوس ہو کر اپنا سارا کاروبار گھر بار فروخت کر کے پنجاب کا رخ کرنے والا تھا۔ لیکن اب جب تو نے وہ کاروبار سنبھالنے کی حامی بھر لی ہے میں ساری فکروں سے آزاد ہو گیا ہوں۔ بیس سال سے میں نے جو کاروبار جما رکھا ہے وہ آگے چلتا رہے گا اور کس کے کام آئے گا۔ کسی کے کیوں میرے اپنے خون کے ہی کام آئے گا۔ اس کاروبار کی بدولت میں نے یہاں پنجاب میں اتنی زمین جائداد بنالی ہے کہ مجھے اب زندگی بھر کوئی اور کام کرنا نہیں پڑے گا۔ لیکن آج میں اپنا وہ کاروبار تمہارے حوالے کرتے ہوئے یہ کہنا چاہتا ہوں جس طرح محنت سے میں نے ۲۰ سال تک کاروبار اتنا دھن کمایا ہے اور اس قابل ہو گیا کہ مجھے اب کسی کے سہارے کی ضرورت نہیں ہے تو بھی محنت سے اپنے کاروبار کو پھیلا اور اس سے اتنا پیسہ کما کر تو بھی ایک دن آئے گا وہ سارا کاروبار کسی اور کے حوالے کر کے اپنے وطن اپنے گاؤں آنے کے قابل ہو جائے۔" اس کے اس فیصلے سے سب سے زیادہ خوشی اقبال سنگھ کو ہوئی تھی۔ وہ جا کر کرتار سنگھ سے لپٹ گیا تھا۔

کرتارے۔۔۔ آج تو نے اپنے بڑے بھائی ہونے کا حق ادا کر دیا۔ میری سب سے

بڑی فکر دور کر دی۔ جسمندر کو دھندے سے لگا دیا کام سے لگا دیا۔ میں رات دن اس کی فکر میں رہتا تھا یہ لڑکا کام دھندا کرے گا بھی یا پھر زندگی بھر آوارگیاں کرتا رہے گا۔ کئی سالوں سے اسے سمجھا رہا تھا تو پڑھتا لکھتا تو نہیں ہے۔ پڑھنے لکھنے کے نام پر کیوں اپنا وقت اور میرے پیسے برباد کر رہا ہے۔ یہ پڑھنا لکھنا چھوڑ کر کوئی کام دھندہ کر۔ مگر یہ مانتا ہی نہیں تھا۔ اسے پڑھنے لکھنے کے نام پر آوارگیاں کرنی جو ملتی تھی۔ مگر تو نے اسے کام دھندا کرنے پر راضی کر کے میری سب سے بڑی فکر دور کر دی۔ گھر سے دور رہے گا تو آوارگیاں بھی دور ہو جائی گی اور دھندے میں بھی دل لگے گا۔

باپ اور چاچا اس کی حامی پر جشن منا رہے تھے۔ لیکن وہ خود ایک تذبذب میں تھا۔

اس کی سمجھ میں نہیں آ رہا تھا کس سحر کے تحت اس نے اپنا گھر، گاؤں، وطن چھوڑ کر اکیلے کام کرنے کے لیے ہزاروں میل دور جانا قبول کر لیا تھا۔ اس کے دوستوں نے سنا تو اس کے اس فیصلے پر حیرت میں پڑ گئے۔ اور وہ بھی پنجاب سے ہزاروں میل دور گجرات۔۔۔ اپنے چاچا کا کاروبار سنبھالنے کے لیے۔

"ہاں۔۔۔ صحیح سنا ہے۔ اس نے جواب دیا تھا۔"

"اوے۔۔۔ تو وہاں ہمارے بنا رہ سکے گا؟"

"اب زندگی تم لوگوں کے ساتھ آوارگیاں کرتے تو نہیں گزر سکتی ہے۔ سوچتا ہوں واہ گرو نے ایک موقع دیا کچھ کرنے کا اور کچھ کر دکھانے کا اسے کیوں گنوا دوں۔ ان آوارگیوں کے سہارے تو زندگی گزرنے سے رہی۔ روز روز پاپا جی کی باتیں سننی پڑتی ہیں ماں کی جھڑکیاں سہنی پڑتی ہیں۔ بڑی بہنیں جب بھی آتی ہیں لکچر بگھارتی ہیں۔ بھائی بات بات پر غصہ ہو کر گالیاں دینے لگتا ہے۔ بس اب یہ سب برداشت نہیں ہوتا۔ سوچتا ہو اس ماحول سے کچھ دنوں کے لیے دور چلا جاؤں۔ اگر واہ گرو نے اس دھندے میں رزق

لکھا ہے اور گجرات کا دانہ ہانی میری تقدیر میں ہے تو مجھے جانا ہی پڑے گا۔ اور جس دن وہاں کا دانہ ہانی اٹھ جائے گا میں واپس گاؤں آجاؤں گا۔"

اس کی اس بات سے سب خاموش ہو گئے تھے۔

"اوے جسمندر۔۔۔ ہم تیرے دوست ہیں دشمن نہیں۔ تیری ترقی سے ہم خوش ہوں گے۔ ہم اپنے مفاد کے لیے تیری زندگی برباد نہیں ہونے دیں گے۔ آج تجھے کچھ کرنے کا موقع ملا ہے تو جا۔ کچھ کر دکھا۔ ہماری دعائیں تیرے ساتھ ہے۔ دوستی تعلقات اپنی کچھ دنوں تک تیری یاد ستائی تیری کمی محسوس ہو گی پھر ہم بھی زندگی کی الجھنوں میں گھِر کر تجھے بھول کر اپنے اپنے کام دھندوں میں لگ جائیں گے۔"

"جمی۔۔۔ وہاں جاکر ہمیں بھول نہ جانا۔"

"ارے تو میں ہمیشہ کے لیے گاؤں چھوڑ کر تھوڑی جا رہا ہوں۔ سال چھ مہینے مے بیساکھی پر آتا رہوں گا۔"

دوستوں اور گاؤں کو چھوڑنا اسے بھی اچھا نہیں لگ رہا تھا۔ لیکن اس نے گاؤں، گھر چھوڑنے کا ارادہ کر لیا تھا۔ پھر وہ گاؤں چھوڑنے والا پہلا فرد نہیں تھا۔ ہر گھر خاندان کے کئی کئی افراد گاؤں سے باہر تھے۔ کوئی ٹرک چلاتا تھا جس کی وجہ سے مہینوں گھر، گاؤں سے دور رہتا تھا۔ کوئی فوج میں تھا صرف چھٹیوں میں گھر آپاتا تھا۔ کچھ غیر ممالک میں جا کر بس گئے تھے جس کی وجہ سے وہ صرف پانچ دس سالوں میں ہی گاؤں آپاتے تھے۔ نوکری کے سلسلے میں جو لوگ ملک کے مختلف حصوں میں گئے تھے انھوں نے انہی حصوں کو اپنا وطن بنا لیا تھا اور گاؤں اور گاؤں کو بھول گئے تھے صرف شادی بیاہ، موت مٹی کے موقع پر گاؤں آتے تھے۔

اس کے چاچا کی طرح جن لوگوں نے دوسرے شہروں اور ریاستوں میں دھندہ

شروع کر لیا تھا وہ لوگ بھی گاؤں کے مہمان کی طرح آتے تھے۔ کل سے اس کا شمار بھی ان لوگوں میں ہو گا۔ ویسے بھی گاؤں میں اس کے لیے کوئی دلچسپی نہیں رہ گئی تھی۔ پڑھائی کے نام پر وہ پانچ سالوں سے ایف وائے آرٹ کا طالب علم تھا۔ اس کے پتا اور گھر والوں کو پورا یقین تھا رہ کبھی گریجویشن پورا نہیں کر پائے گا۔ اس کا کالج گاؤں سے دس کلو میٹر دور تھا۔ روزانہ سویرے وہ کالج جاتا۔ کبھی دوپہر تک گاؤں واپس آ جاتا تو کبھی شام کو واپس آتا۔ کبھی دل آیا تو جاتا ہی نہیں۔ دوستوں کے ساتھ آوارہ گردی کرتا۔ ایک دوست جگیرے کی ہوٹل تھی۔ تمام دوست اس ہوٹل میں بیٹھا کرتے تھے۔ جگیرے کے چھوٹے موٹے کاموں میں ہاتھ بٹاتے تھے۔ یا پھر پورا دن وہاں بیٹھ کر گپیں ہانکتے رہتے یا شرارتیں کرتے رہتے تھے۔ آئے دن ان کی شرارتوں کی شکایتیں ان کے گھر کو پہونچتی رہتی تھی۔ شرارتیں معصوم ہوتی تو لوگ نظر انداز بھی کر دیتے لیکن اب وہ بچے نہیں رہے تھے بڑے ہو گئے تھے جس کی وجہ سے ان شرارتوں کا انداز بھی بدل گیا تھا۔ وہ گاؤں کی لڑکیوں کو چھیڑتے رہتے تھے۔ کبھی معاملہ نوک چھونک تک ہوتا تو کبھی چھیڑ چھاڑ تک۔۔۔ کبھی معاملہ دل کا ہوتا۔۔۔ تو کبھی عزت کا۔ تمام دوستوں کا کسی نہ کسی سے دل لگا تھا۔ لیکن صرف اس کا دل کسی پر نہیں آیا تھا۔ اس سے دل لگانے والی کئی تھیں۔ لیکن س کی نظر میں ان کے اس جذبے کی کوئی اہمیت نہیں تھی۔

دوستوں کے دلوں کا معاملہ دلوں سے بڑھ کر جسموں تک پہونچ گیا تھا۔ اور وہاں سے آگے بڑھ کر شادی کے بندھن تک۔ کچھ معاملے درمیان میں ادھورے رہ گئے تھے۔ لڑکیوں کی کہیں اور شادیاں ہو گئی تھی۔ اور پنجاب کی روایتی رومانی داستانوں میں کچھ اور داستانوں کا افسانہ ہو گیا تھا۔

اب وہ ٹوٹے ہوئے دل ان کی یاد میں آہیں بھرتے اور شراب سے اپنا غم غلط کرتے

تھے۔ اس طرح غم غلط کرتے کرتے انھوں نے باقی دوستوں کو بھی شراب کا عادی بنادیا تھا۔ ان میں ایک وہ بھی تھا۔

وہ شراب کا عادی تو نہیں ہوا تھا۔ لیکن راب پینے لگ گیا تھا۔ اور اکثر دوستوں کا ساتھ دینے کے لے ان کے ساتھ شراب پیتا تھا۔ ظاہر سی بات ہے اس کا شراب پینا گھر والوں کے لے تشویش کی بات تو ہوئی۔ اس لیے وہ سنجیدگی سے سوچنے لگے تھے کہ اس سے قبل کہ جسمندر سنگھ شراب کا عادی بن کر اپنی زندگی تباہ کرلے۔ اس لیے یہ لت چھڑانے کا کوئی طریقہ سوچنا چاہیے۔

آسان راستہ یہ تھا کہ اس کی پڑھائی چھڑا کر اسے کسی کام سے لگا دیا جائے۔ لیکن اسے کس کام پر لگایا جائے۔ کسی کی سمجھ میں نہیں آتا تھا۔ کالج پڑھتا لڑکا کھیتوں میں سو کام نہیں کر سکتا۔ ورنہ کھیتوں میں تو ہمیشہ آدمیوں کی کمی رہتی تھی۔

اچانک اس کی چاچی کا انتقال ہو گیا۔ اور اس کے چاچا کرتار سنگھ گاؤں آگیا۔ کرتار سنگھ بیس سال قبل کاروبار کے سلسلے میں گاؤں سے گیا تھا۔ اس نے گجرات کے ایک چھوٹے سے گاؤں نوٹیا میں موٹر سائیکل، کار ٹریکٹر کے پرزوں کی دوکان ڈالی تھی۔

اس گاؤں اور آس پاس کے دیہاتوں میں اس نوعیت کی کوئی دوکان نہیں تھی۔ اس لیے اس کی دوکان و کاروبار چل نکلا اور اس نے بیس سالوں میں بہت پیسہ کمایا۔

وہ سال میں ایک آدھ ماہ کے لیے گاؤں آتا تھا تو دوکان نوکروں کے بھروسے چھوڑ آتا تھا۔ اس کا کاروبار پھلتا پھولتا گیا۔ آس پاس اور کئی دکانیں کھل گئی۔ لیکن کرتار سنگھ کے کاروبار پر کوئی اثر نہیں پڑا کیونکہ اس نے ہول سیل میں ان دکانوں کو کل پرزے سپلائی کرنا شروع کر دیئے تھے۔ جس کی وجہ سے اس کے زمین اور جائیداد میں اضافہ ہوتا گیا اس کے بچے اچھے اسکولوں میں پڑھتے کالج میں پہنچ گئے۔ بٹیاں شادی کے لائق ہو

گئیں اور انھیں اچھے گھروں سے رشتے آنے لگے۔

اچانک طویل بیماری کے بعد کرتار سنگھ کی گھر والی اور اس کی چاچی کا انتقال ہو گیا جس کی وجہ سے کرتار سنگھ ٹوٹ گیا۔ ابھی تک گاؤں میں گھر کو اس کی چاچی نے سنبھال رکھا تھا۔ لیکن چاچی کے انتقال کے بعد گھر سنبھالنے والا کوئی نہیں رہا تو کرتار سنگھ کو فکر دامن گیر ہونے لگی۔

گھر میں جوان لڑکیاں اور لڑکے تھے۔ ان پر نظر رکھنے والا گھر میں کوئی بڑا آدمی بے حد ضروری تھا۔ یوں تو اس کا باپ اقبال سنگھ اپنے بچوں کے طرح بھائی کے بچوں کا خیال رکھتا تھا۔ اس کے ہوتے ہوئے کرتار سنگھ کو اس سلسلے میں کسی طرح فکر کرنے کی کوئی ضرورت نہیں تھی۔ لیکن کرتار سنگھ باپ تھا اس کا دل نہیں مانا۔ اس نے طے کر لیا تھا کہ اب وہ واپس گجرات نہیں جائے گا۔ اپنا سارا کاروبار کسی کو دے دے گا یا فروخت کر دے گا اور گاؤں میں رہ کر اپنے بچوں کی دیکھ بھال کرے گا۔ لڑکیوں کی شادیاں کرے گا اور لڑکوں کو نوکری یا کام دھندوں سے لگائے گا۔

کاروبار فروخت کرنے سے پہلے اس کے ذہن میں اس کا خیال آیا۔ اس کے لڑکے ابھی کاروبار سنبھالنے کے لائق نہیں ہے۔ اگر وہ کاروبار فروخت کر دیتا ہے اس کاروبار سے اس کا رشتہ ہی ٹوٹ جائے گا۔ اگر اپنی دوکان کسی کو دے دیتا ہے تو پانچ دس سال بعد اس کے لڑکے کاروبار سنبھالنے کے قابل ہو جائیں گے تو وہ اپنا کاروبار دوکان اس سے واپس لے کر اپنے لڑکوں کے حوالے کر سکتا ہے۔

اس خیال کے آتے ہی اس کی نظر اس پر پڑی۔ اور اس نے اس کے سامنے اپنی ساری صورتِ حال رکھ دی۔ جمی بیٹے۔۔۔ ”میں چاہتا ہوں تم میری وہ دوکان سنبھالو۔ مجھے تم اس کا ایک پیسہ بھی مت دو۔ لیکن پاچن دس سال بعد جب میرے بچے اس قابل

ہو جائیں کہ وہ دوکان سنبھال سکیں تو تم مجھے وہ دوکان واپس دے دو۔"

اس نے بنا سوچے سمجھے حامی بھر لی۔ اسے لگا اس کے ہاتھ ایک موقع لگا ہے اسے گنوانا نہیں چاہیے۔ ایک مہینے بعد اس کے چاچا کرتار سنگھ اسے لے کر نوٹیا آیا۔ اس نے دوکان کے نوکروں اور گاؤں والوں سے اس کا تعارف کرایا۔ "یہ میرا بھتیجہ جسمندر سنگھ ہے۔ سب اسے جمی کہتے ہیں۔ آج کے بعد یہی میری دوکان اور کاروبار دیکھے گا۔"

ایک آٹھ دس سال کا لڑکا راجو اور ایک ۴۵،۴۰ سال کا آدمی رگھو۔ رگھو پرانا نوکر تھا۔ لیکن اب اس کا دل اس کام میں نہیں لگتا تھا۔ وہ یہ نوکری چھوڑ کر اپنا خود کا کوئی ذاتی کاروبار شروع کرنے کا سوچ رہا تھا۔ ۱۰ سال کا راجو نیا نیا تھا۔ وہ صرف سامان دے سکتا تھا اور گاہک سے اس سامان کی بتائی قیمت وصول کر سکتا تھا۔ دوسرے لفظوں میں دوکان کی ساری ذمہ داری اس پر تھی۔ کرتار سنگھ نے اسے مشورہ دیا تھا فلی ل وہ صرف دوکان پر توجہ دے ہول سیل پر دھیان نہ دے۔ دھیرے دھیرے جب وہ دوکان اچھی طرح سنبھالنے لگے تو اس کے بعد ہول سیل پر توجہ دینا۔

اس کا چاچا نوٹیا میں آٹھ دنوں تک اس کے ساتھ رہا۔ اور دوکان داری کے سارے گُر بتا گیا۔ مال کہاں سے خریدا جائے کسی قیمت پر فروخت کیا جائے کون مستقل گراہک ہے۔

اس کی دوکان کا نام "گرونانک آٹو پارٹ" تھا۔ دوکان کے اطراف ایک دو مکینک نے اپنی دوکانیں کھول رکھی تھی۔ ایک بڑے سے بکس میں وہ روزانہ اپنا سامان لے کر آتے اور اس سے اپنا کام کرتے تھے۔ وہ لوگ اس کے لیے اس لیے مفید تھے کیونکہ وہ سامان اس کی دوکان سے ہی خریدتے تھے۔ اکثر کسی کو اپنی سواری کا کوئی پارٹ ہوتا تھا تو وہ اس کی دوکان سے پارٹ خرید کر ان کے پاس پہنچ جاتا وہ لوگ اس پارٹ کو تبدیل کر

دیتے تھے۔

اس کی دوکان میں ڈیوٹی سویرے آٹھ بجے سے رات کے آٹھ بجے تک تھی۔ دوپہر میں وہ ایک آدھ گھنٹے کے لیے کھانا کھانے کے لیے کسی ہوٹل دھابے پر جاتا یا اپنے کمرے میں جاکر خود ہی اپنے ہاتھوں سے کھانا بناتا۔ اس وقت بھی دوکان بند نہیں ہوتی تھی۔ نوکر دوکان دیکھتے تھے۔ نوکر بھی کھانا کھانے کے لیے ایک ڈیڑھ گھنٹے کے لیے اپنے گھر جاتے تھے اس وقت وہ دوکان دیکھتا تھا۔ دوکان دومنزلہ تھی۔ نیچے دوکان اوپر رہائش کے لیے دوکمرے جہاں اس کا چاچا رہتا تھا۔ دوکان کے پیچھے بھی ایک کمرہ تھا جسے گودام کے طور پر استعمال کیا جاتا تھا۔ اس میں زائد مال رکھا جاتا تھا۔ یا پھر بیکار مال۔

دن بھر تو دوکانداری میں گزر جاتی تھی۔ مگر اس کے رات کاٹنی مشکل ہو جاتی تھی۔ شروع شروع میں اس کے لیے رات کاٹنا بہت مشکل محسوس ہوتا تھا۔ کیونکہ اس کا نہ تو کوئی دوست تھا نہ ہی کوئی شناسا جس کے ساتھ وہ باتیں کریں۔

دوکان بند کر کے وہ کھانا کھاتا اور پھر اپنے کمرے میں قید ہو کر بستر پر لیٹ کر سونے کی کوشش کرتا۔ نیند بھلا اتنی جلدی اور اتنی آسانی سے کہاں آتی۔ گاؤں میں اسے دو دو تین تین بجے تک جاگنے کی عادت تھی۔ اس لیے ایک دو بجے سے قبل اسے نیند نہیں آتی تھی۔ اس بے خوابی سے کبھی وہ اتنا پریشان ہو جاتا کہ اس کا دل چاہتا وہ یہ کام دھندہ دوکانداری چھوڑ کر واپس گاؤں بھاگ جائے۔ گاؤں میں وہ دیر سے سوتا تھا تو دیر سے جاگتا تھا۔ جب کالج جانا نہیں ہوتا تھا یا چھٹیوں میں وہ ۱۲ بجے سے پہلے بستر نہیں چھوڑتا تھا۔ لیکن یہاں پر وہ رات میں دو بجے سو یا سو تین بجے رات میں دوکان کھولنے کے لیے سویرے سات بجے جاگنا پڑتا تھا۔ اس لیے اسے صبح کی آمد پسند نہیں تھی۔

صبح آتی تو اس کی آنکھوں میں نیند بھری ہوتی تھی۔ جسم بوجھل سا ہوتا تھا۔ جسم کا

ایک ایک حصہ رات کی بے خوابی کی وجہ سے ٹوٹتا محسوس ہوتا تھا۔ دل تو چارہا ہوتا تھا کہ وہ اور چار پانچ گھنٹے سوئے لیکن دوکان کھولنے کے لیے جاگنا ضروری تھا۔ ذرا سی تاخیر ہو جاتی تو رگھو اور راجو آکر گھر دستک دیتے۔ اس لیے بادل ناخواستہ اسے جاگنا پڑتا۔

رات میں یار دوستوں کی صحبتوں، محفلوں کی باتیں یاد آتی۔ جب گاؤں اور دوستوں کی یادیں زیادہ ہی مغموم کر دیتیں تو وہ شراب پی لیتا تھا۔ شراب پینے سے اسے سکون مل جاتا تھا اور نیند بھی آجاتی تھی۔ لیکن اکیلے اسے شراب پینے میں مزہ نہیں آتا تھا۔ یار دوستوں کے ساتھ مل بیٹھ کر ہنسی مذاق کرتے ہوئے شراب پینے کا مزہ ہی کچھ اور ہوتا ہے۔ کئی بار اس نے کوشش کی کہ رگھو اس کا ساتھ دے لیکن رگھو اس کا ساتھ نہیں دیتا تھا۔

"جمی سیٹھ۔۔۔ تم تنخواہ اتنی کم دیتے ہو کہ اس میں میرے گھر والوں کا پیٹ مشکل سے بھر پاتا ہے۔ شراب کی لت لگا کر کیا میں انھیں بھوکا ماروں؟ مانا آج تم مجھے مفت کی پلا رہے ہو۔۔۔ لیکن عادت لگ جانے کے بعد تو مجھے اپنے پیسوں کی پینی پڑے گی تب کیا ہو گا؟ تمہارے چاچا بھی مجھ سے یہی اصرار کرتے تھے۔ تب بھی میں نے اس لت کو گلے نہیں لگایا تو آج کیوں لگاؤں؟" راجو چھوٹا لڑکا تھا۔ اسے شراب کی پیش کش نہیں کر سکتا تھا۔ ایک مکینک سے اس کی پہچان ہو گئی تھی۔ وہ شراب کا عادی تھا اس کے لیے شراب بھی لا کر دیتا تھا۔ اور اس کے ساتھ شراب بھی پیتا تھا۔ لیکن اس کے ساتھ اپنے تعلقات صرف شراب لا کر دینے اور کبھی کبھی ساتھ شراب پینے کی حد تک ہی محدود رکھا تھا۔ اس معیار کا آدمی نہیں تھا کہ اس کے حلقہ احباب میں شامل کیا جائے۔ اس کے حلقہ احباب میں کئی لوگ شامل ہو گئے تھے۔

اس کا چاچا جاتے ہوئے اسے کچھ ایسی باتیں بھی بتا گیا تھا جن سے وہ محتاط رہنے لگا

تھا۔ اس کے چاچا نے کہا تھا ”۔۔۔ جمی۔۔۔ ان گجراتی لوگوں سے ہوشیار رہنا۔ میں بیس سال سے اس گاؤں میں ہوں۔ ان کے درمیان دھندہ کر رہا ہوں لیکن مجھے پتہ ہے وہ لوگ مجھے پسند نہیں کرتے ہیں۔ مجبوری کی طور پر مجھے جھیل رہے ہیں یا انھیں محسوس ہوتا ہے کہ وہ میرا کچھ نہیں بگاڑ سکتے۔ ان کے لیے پیسہ اور دھندہ ہی سب کچھ ہے۔ پیسہ اور دھندے کے لیے یہ کچھ بھی کر سکتے ہیں۔ کسی بھی حد تک ۔گر سکتے ہیں۔ پہلے جب اس گاؤں میں میری واحد دوکان اسپیر پارٹ کی دوکان تھی اس لیے یہ مجھے برداشت کر لیتے تھے۔ لیکن اب جبکہ کئی اسپیر پارٹ کی دوکانیں ہیں اور وہ گجراتیوں کی ہیں۔ وہ مجھ سے جلتے ہیں۔ اس میں وہ تمام دوکان دار چاہتے ہیں میں یہ دوکان بند کر کے چلا جاؤں۔ آتے دن ذات اور برادری کے نام پر میرے گاہک توڑنے کی کوشش کرتے ہیں۔ اس میں وہ کچھ کچھ حد تک کامیاب بھی ہوتے ہیں۔ لیکن اتنے نہیں کہ مجھے دھندہ بند کرنا پڑے۔ وہ تم پر کوئی بھی جھوٹا الزام لگا کر حملہ کر سکتے ہیں۔ اس لیے اس بارے میں محتاط رہنا۔“تب سے وہ بہت محتاط رہتا ہے۔

اس نے محسوس کیا تھا۔ لوگوں کی آنکھوں میں اس کے لیے اچھے جذبات نہیں ہوتے ہیں۔ وہ اسے ناپسندیدہ نظروں سے ہی دیکھتے ہیں۔ اس کی وجہ کیا ہو سکتی ہے اس سلسلے میں اسی نے اپنے ایک مسلمان دوست جاوید سے سوال کیا تھا۔۔۔ ”یہ لوگ تمہیں پسند نہیں کرتے تم اس بات کا ماتم کر رہے ہو۔“

”ارے ابھی تمہیں اس گاؤں میں آئے دن کتنے ہوئے ہیں ؟ مشکل سے ایک ماہ !تب بھی تمہیں ناپسند کرتے ہیں۔ ہم لوگ تو صدیوں سے اس گاؤں میں رہ رہے ہیں۔ اس کے باوجود وہ ہم لوگوں کو پسند نہیں کرتے ہیں۔ اور چاہتے ہیں کہ ہم یہاں پر کوئی کام دھندہ نہ کریں۔ یہ گاؤں چھوڑ کر چلے جائیں۔ آئے دن کوئی نہ کوئی نیا فتنہ اٹھاتے رہتے

ہیں اور آجکل تو کچھ زیادہ ہی۔۔۔"

جاوید کی بات سن کر وہ بہت کچھ سوچنے پر مجبور ہو گیا۔ جاوید کی پیدائش اسی گاؤں میں ہوئی تھی۔ وہ یہاں پلا بڑھا تھا۔ اس گاؤں میں اس نے تعلیم مکمل کی تھی پر اعلیٰ تعلیم حاصل کرنے ممبئی میں اس نے اپنے ایک رشتہ دار کے پاس ممبئی گیا تھا۔

ممبئی میں اس نے کمپیوٹر کی اعلیٰ تعلیم حاصل کی۔ اس کی قابلیت کے بنیاد پر اسے ممبئی میں اچھے جاب کے آفر آئے لیکن اس نے وہاں نوکری کرنا مناسب نہیں سمجھا۔ اس کا ایک ہی مقصد تھا۔ میں نے جو تعلیم حاصل کی ہے۔ میں اپنے علم، تعلیم، روشنی سے اپنے گاؤں والوں کو فیض یاب کروں گا۔ اور وہ گاؤں واپس آگیا۔ اس نے کمپیوٹر کی ایک چھوٹی سی دوکان کھولی اور وہاں پر گاؤں کے بچوں کو کمپیوٹر کی تعلیم دینے لگا۔ اس وقت گاؤں میں کوئی بھی کمپیوٹر سے آشنا نہیں تھا۔ کمپیوٹر کا زمانہ تھا کمپیوٹر کی تعلیم کی اہمیت کا احساس ہر کسی کو تھا۔ اس لیے ہر کوئی اس تعلیم کی طوف مائل ہونے لگا۔ اور جاوید کے پاس کمپیوٹر کی تعلیم حاصل کرنے والے طلباء کی تعداد میں دن بہ دن اضافہ ہونے لگا۔

سویرے آٹھ بجے سے رات کے ۱۲ بجے تک بچے جاوید کے پاس کمپیوٹر سیکھنے کے لے آتے۔ ایک سال میں ہی جاوید کی چھوٹی سی کمپیوٹر سکھانے کی کلاس ایک بڑے سے کمپیوٹر انسٹی ٹیوٹ میں تبدیل ہو گئی۔ گاؤں کے وسط میں ایک شاندار نجی عمارت میں جاوید کا شروع کردہ اقصیٰ کمپیوٹر اس علاقے کا سب سے بڑا کمپیوٹر انسٹی ٹیوٹ بن گیا۔ جہاں بچوں کو کمپیوٹر کی جدید تعلیم دی جاتی تھی۔ کمپیوٹر فروخت اور درست کیے جاتے تھے۔ اور سائبر کیفے تھا۔ جو گاؤں کے واحد سائبر کیفے تھا جس میں ہمیشہ بھیڑ لگی رہتی تھی۔

جاوید کے جذبے کی کسی نے بھی قدر نہیں کی بلکہ اسے بھی تجارتی نقطہ نظر سے دیکھ

کر اس میں تجارتی رقابتوں کا عنصر تلاش کیا گیا۔ منافع بخش دھندہ ہے صرف یہ سوچ کر ایک دو اور کمپیوٹر کی تعلیم دینے والی کلاسس شروع ہو گئی۔ یہ اور بات تھی کہ انھیں وہ کامیابی نہیں مل سکی۔ لیکن اس طرح جاوید اور اقصیٰ کمپیوٹر کے تجارتی رقیب تو پیدا ہو گئے تھے۔

جاوید کی باتوں نے اسے بہت کچھ سوچنے پر مجبور کر دیا تھا۔ اسے لگا کہ اسے بھی ان تمام باتوں کا سامنا کرنا پڑے گا۔ اگر ایسا ہوا تو اس کے لیے یہ راہ اتنی آسان نہیں ہے جتنی وہ سوچ رہا ہے۔

اس کے لیے شروع شروع میں کئی مسائل تھے۔ سب سے بڑا مسئلہ زبان کا تھا۔ اسے پنجابی آتی تھی۔ ہندی بول لیتا تھا۔ لیکن وہاں کے لوگ گجراتی کے علاوہ کچھ بولتے اور سمجھتے ہی نہیں تھے۔ اس کا چاچا اتنے عرصے تک وہاں رہنے کی وجہ سے گجراتی سیکھ گیا تھا اس لیے اس کا کام چل جاتا تھا۔ لیکن اسے رگھو یا راجو کا سہارا لینا پڑتا تھا۔ ویسے اسے پورا اعتماد تھا کہ وہ کچھ عرصے میں کام چلاؤ گجراتی سیکھ جائے گا۔ لیکن زبان کی اجنبیت کا احساس اسے کچھ کہنے لگا۔ اسے لگا اس زبان کی اجنبیت کی وجہ سے وہ وہاں اچھے دوست نہیں بنا پائے گا۔ کیونکہ وہ روانی سے جذبات احساسات کا اظہار نہیں کر سکے گا۔ نہ سامنے والے کے جذبات احساسات کو سمجھ سکے گا۔ دوست وہی بن سکتا ہے جس کے سامنے روانی سے اپنے احساسات کا اظہار ممکن ہے۔ یا جس کے جس احساسات کو سمجھا جا سکا۔

اس وجہ سے اتنے دنوں میں صرف جاوید ہی اس کا دوست بن سکا۔ لیکن جاوید کے پاس اتنا وقت نہیں تھا کہ وہ اس کے پاس آ کر بیٹھے۔ اسے رات میں وقت ملتا تو وہ جاوید کے سائبر پہونچ جاتا تھا۔ لیکن وہاں بھی جاوید سے فرصت سے بات چیت نہیں ہو پاتی تھی۔ جاوید کمپیوٹرس کے پیچھے حیران ہوتا۔ اور وہ تماشائی بنا جاوید کو کمپیوٹروں سے الجھا

دیکھتا۔

جاوید نے ایک دو بار اس سے کہا بھی تھا"۔۔۔ کمپیوٹر سیکھ جاؤ،ایک بار انٹرنیٹ کی لت لگ گئی تو تم بھی میرے رنگ میں رنگ جاؤگے۔"لیکن باوجود بار بار کوشش کہ وہ ماؤس ہاتھوں میں پکڑنا سیکھ نہیں سکا تو اسکرین پر ابھرنے والی انگریزی تحریروں کو کیا پڑھتااور سمجھتا۔ ویسے بھی انگریزی اس کی کمزوری تھی۔

جاوید اس لیے اس کا دوست بنا کہ ان کے درمیان زبان کی اجنبیت نہیں تھی۔ وہ روانی سے جاوید کے ساتھ گفتگو کر سکتا تھا۔ اور جاوید اس کی پنجابی بھی سمجھ لیتا تھا۔ اور اس کا ساتھ دینے کے لیے،یا مذاق اڑانے کے لیے پنجابی لہجے میں گفتگو بھی کرتا تھا۔ وہ جاوید کی اس لیے قدر کرتا تھا کہ جاوید اتنا مصروف رہتا تھالیکن اس کے لیے وقت ضرور نکالتا تھا۔ جاوید سے اس کی پہچان اس کی اپنی دوکان پر ہوتی تھی۔ جاوید اپنی موٹر سائیکل کیلیے کوئی پرزہ خریدنے اس کی دوکان پر آیا تھاتو رگھو نے اسے بتایا کہ یہ پرانا گاہک ہے تو اس نے اس سے خود کو متعارف کرایا۔

"چلو اچھاہوا سردار جی۔۔۔ آپ آگئے۔۔۔ پورے گاؤں میں ایک نوجوان سردار توہے۔ ورنا گاؤں والے آپ کے بوڑھے چاچا کو دیکھ دیکھ کر سردار جی لوگوں کے بارے میں غلط نظریات قائم کرنے لگے تھے۔"

اس کے بعد جاوید جب بھی اس کے دوکان کے سامنے سے گزرتا اسے ہاتھ دکھاتا گزرتا تھا۔ اگر فرصت میں رہتاہوتا تو رک کر خیر خیریت پوچھ لیتا۔ جاوید اس کے دل پر ایک گہرا نقش چھوڑ گیا تھا۔ اسے ایسا محسوس ہوتا تھا جیسے اس کے گاؤں میں کوئی یار جاوید کی شکل میں اس کے پاس آگیاہے۔ اس کا ماننا تھاواہ گرو ہر کام آسان کرتاہے۔ سویرے جلدی اٹھنا اس کے لیے سب سے مشکل کام تھا۔ لیکن اس کام میں بھی آسانی پیدا ہوگئی

تھی جب سے اس نے مدھو کو دیکھا۔

مدھو گاؤں کی لڑکی تھی۔ شہر کالج پڑھتی تھی روزانہ سویرے چھ، سات بجے کی بس سے شہر جاتی تھی۔ کالج سے کبھی ایک بجے واپس آتی تو کبھی ۴ بجے تو کبھی شام کو۔ شہر جانے والی بس کا اسٹاپ اس کی دوکان کے سامنے تھا۔ اکثر سویرے بس کے انتظار میں مدھو اس کی دوکان کے سامنے کھڑی ہوتی تھی۔ واپسی میں بھی اس کی دوکان کے سامنے ہی آکر رکتی تھی اور بس سے اتر کر مدھو غیر ارادی طور پر ایک نظر اس کی دوکان کی طرف ڈالتی، آگے بڑھ جاتی۔

مدھو نے اس کے ذہن اور اس کی زندگی میں ہلچل مچادی تھی۔ اب تک اس نے ہزاروں لاکھوں خوبصورت سے خوبصورت لڑکیاں دیکھی تھیں کئی تو اس پر مرتی تھیں۔ پنجاب کے دیہاتوں کا بے باک حسن تو قصے کہانیوں میں آج بھی زندہ ہے۔ لیکن اب تک کوئی بھی ایسا چہرہ نہیں ملا جو اس کے دل و دماغ میں ہلچل مچادے۔ لیکن مدھو پر نظر پڑتے ہی اس کے دل و دماغ ہی نہیں زندگی میں بھی ہلچل مچ گئی۔

اس نے کالج سے آتے ہوئے مدھو کو کئی بار دیکھا تو پتہ لگایا کہ یہ کالج کب جاتی ہے تو اسے پتہ چلا جب وہ سویا ہوا ہوتا ہے تب وہ کالج جاتی ہے۔ سویرے چھ سات بجے۔ اور بس کے انتظار میں بہت دیر تک ٹھیک اس کی دوکان کے سامنے بنے بس اسٹاپ پر کھڑی رہتی ہے۔ یہ سن کر اس کی بیتابی بڑھ گئی۔ کالج سے واپس آتی مدھو صرف چند منٹوں تک اس کی آنکھوں کے سامنے ہوتی تھی تو اس پر ایک نشہ طاری ہو جاتا تھا جو گھنٹوں نہیں اترتا تھا۔ سویرے تو وہ مدھو کو گھنٹوں دیکھ سکتا ہے۔ یہ سوچ کر اس نے طے کر لیا اب وہ اپنی عادت کے خلاف سویرے جلد جاگ جایا کرے گا۔

صبح جو ایک جادو بکھیرتی نمودار ہوتی ہے۔ ہر فرد کے لیے اس میں ایک الگ طرح کا

جادو ہوتا ہے۔ اور وہ اس میں اپنے مقصد کا جادو تلاش کرتا ہے۔ لیکن صبح کبھی بھی جمی کے لیے جادو جگاتی محسوس نہیں ہوتی تھی۔ اب وہی صبح اس کے لیے ایک جادو بکھیرتی نمودار ہوتی ہے۔ اس صبح میں اس کے لیے ایک الگ طرح کا جادو، نشہ، کشش ہوتی ہے۔

مدھو کے دیدار کی کشش۔۔۔

مدھو کے دیدار کا نشہ۔۔۔

مدھو کے دیدار کا جادو۔۔۔

☆

اس دن سویرے جلدی آنکھ کھل گئی۔ چھ بجے کے قریب۔ چھ بجے وہ برش کرنے کے لیے اپنے مکان کی گیلری میں آکر کھڑا ہو گیا اسے مدھو کا انتظار تھا۔ برش کرنے کے بعد اس نے منہ ہاتھ دھوئے ساڑھے چھ بج گئے تھے لیکن مدھو نہیں آئی تو اسے بے چینی محسوس ہونے لگی۔ اب تک تو مدھو کو آجانا چاہیے تھا۔ ساڑھے چھ بجے تک وہ بس اسٹاپ پر آجاتی ہے۔ اس نے چائے بھی نہیں پی۔ گیلری میں کھڑا مدھو کا انتظار کرتا رہا۔ اسے ڈر تھا اگر وہ اندر چائے بنانے میں لگ گیا تو مدھو بھی آجائے گی اور اس کی بس اور اس سے پہلے کہ وہ مدھو کی ایک جھلک دیکھے مدھو بس میں سوار ہو کر کالج چل دے گی۔ اس لیے ان سے چائے، ناشتہ کا خیال دل سے نکال دیا تھا۔ گیلری میں کھڑا مدھو کا انتظار کرتا رہا۔

جس بس سے مدھو کالج جاتی تھی وہ آئی چلی گئی۔ لیکن مدھو نہیں آئی۔ اس کا دل ڈوبنے لگا۔ اس کا مطلب ہے آج مدھو کالج نہیں جائے گی۔ کیوں کالج نہیں جائے گی؟ وہ تو کبھی کالج جانے کا ناغہ نہیں کرتی ہے؟ آج کالج نہیں جائے گی تو ضرور اس کی کوئی وجہ ہو گی۔ وہ وجہ کیا ہو سکتی ہے؟

سوچ کر بھی اس وجہ کو وہ تلاش نہیں کر پا رہا تھا۔ بیمار ہے؟ گھر میں مہمان آئے ہیں ؟ یا کالج پڑھائی سے اس کا دل اکتا گیا ہے؟۔ جیسے کئی سوالات اس کے ذہن میں چکرا رہے تھے۔ ساڑھے سات بجے کے قریب مایوس ہو کر وہ اندر آگیا۔ اب مدھو کے آنے کی کوئی امید نہیں تھی۔ وہ چائے بنانے لگا۔ اسے پتہ نہیں تھا دس پندرہ منٹ میں رگھو اور راجو آ

جائیں گے تو نہ اسے چائے پینے ملے گی اور نہ ہلکہ سا ناشتہ کرنے۔ دوکانداری میں لگنے کے بعد ناشتہ اور کھانے ک فرصت کہاں مل پاتی ہے۔ ناشتہ سے وہ فارغ ہی نہیں ہوا تھا کہ رگھو نے آواز دی۔ اس نے دوکان کی چابیاں اسے دے کر دوکان کھولنے کے لیے کہا۔ اس کے بعد نہا دھو کر آدھے گھنٹے بعد نیچے اترا تو دوکانداری شروع ہو گئی تھی۔ رگھو اور راجو گاہکوں سے نپٹ رہے تھے۔

''ست شری اکال سردار جی۔'' اچانک شناسا آواز سن کر وہ چونک پڑا۔

''ارے جاوید بھائی آپ'' وہ حیرت سے جاوید کو دیکھنے لگا جس نے اسے آواز دی تھی۔۔۔ کیا بات ہے آج آپ انسٹی ٹیوٹ نہیں گئے؟

''انسٹی ٹیوٹ کی چھٹی ہے جی۔''

''چھٹی؟ کس خوشی میں۔۔۔''

''ارے آج عید میلاد النبی ہے۔ حضرت محمدؐ کی پیدائش۔ آج کے دن سارے گاؤں کے مسلمان اپنا کاروبار بند رکھتے ہیں۔ اور دھوم دھام سے جشن عید میلا النبی مناتے ہیں۔ مجلس منعقد ہوتی ہیں، جلوس نکالا جاتا ہے۔ پیر بابا کے مزار کے پاس کھانا بنایا جاتا ہے۔ جس کے لیے سارے گاؤں کو عام دعوت ہوتی ہے۔ اس دعوت میں نہ صرف اس گاؤں کے بلکہ آس پاس کے گاؤں کے مسلمان اور غیر مسلم بھی شریک ہوتے ہیں۔ حضرت محمدؐ کی سیرت پر روشنی ڈالنے والے جلوس کا انعقاد ہوتا ہے۔ سارا گاؤں روشنیوں سے سجایا جاتا ہے۔ تمہاری اس گاؤں میں پہلی جشن عید میلا النبی ہے نا اس لیے تمہیں اس کا علم نہیں ہے۔ انسٹی ٹیوٹ تو بند ہے۔ سوچا گاڑی کی سروس کر لوں اور تمہیں جشن کا نظارہ دکھاؤں۔''

''اچھا آج عید میلا النبی ہے۔ اس کے بارے میں میں نے صرف سن رکھا ہے۔

پنجاب کے گاؤں میں تو اس کا پتہ ہی نہیں چلتا۔ اب پنجاب کے دیہاتوں میں مسلمان کہاں ہیں۔ میں نے اپنے بزرگوں سے سن رکھا ہے تقسیم سے قبل جب مسلمان خاطر خواہ تعداد میں پنجاب کے دیہاتوں میں آباد تھے۔ اس وقت اس دن سارے پنجاب کے دیہاتوں میں جشن کا سماں ہوتا تھا۔'' اس نے کہا۔ ساتھ ہی ساتھ اس کے ذہن میں گھنٹیاں بھی بجنے لگی۔ آج عید میلاد البنی کی کالج میں چھٹی ہو گی اس وجہ سے مدھو کالج نہیں گئی اور وہ سویرے سے اس کی راہ دیکھتا رہا۔

''جاوید بھائی چائے منگواؤں؟'' اس نے جاوید سے پوچھا۔

''سردار جی۔۔۔ چائے چھوڑیے۔۔۔ میرے ساتھ چلیے آج میں آپ کو اپنے گھر لے جا کر ناشتہ کراتا ہوں عید میلاد النبی کے سلسلے میں گھروں میں نیاز کی جاتی ہے۔ میرے گھر کئی طرح کے پکوان بنے ہیں۔'' جاوید نے جواب دیا۔

''چلیے۔۔۔ گاڑی کو چھوڑ دیجیے۔ جب تک ہم واپس آئیں گے گاڑی بن کر تیار ہو جائے گی۔'' اس نے کہا۔ اور دونوں گاؤں کی طرف چل دیے۔

سچ مچ سارے گاؤں میں جشن کا سماں تھا۔ گاؤں کے درمیانی چوراہے سے مسلمانوں کا محلہ بہت دور تھا۔ لیکن چوراہے پر جو مسلمانوں کی دوکانیں تھیں وہ بند تھیں۔ لیکن سجی ہوئی تھیں ان پر روشنیاں تھی جو دن میں بھی جل رہی تھی۔ ہرے جھنڈے لگے تھے۔ جن پر اردو اور گجراتی میں جشن عید میلاد البنی لکھا تھا۔ سبز رنگ کے پھلوارے پورے چوک میں لگے تھے۔

اب جگہ جگہ سے لاؤڈاسپیکر کی آوازیں بھی سنائی دینے لگی تھیں۔ لاؤڈاسپیکروں پر خوش الحان آوازوں میں نعت رسول پاک پڑھی جارہی تھیں۔ جگہ جگہ پیاؤ لگے تھے۔ جہاں پر راہ گیروں میں شربت تقسیم کیا جارہا تھا۔ گول بڑے جوش و خروش سے قطاروں

میں کھڑے ہو کر شربت پی رہے تھے۔

تھوڑی دیر بعد ایک بڑا جلوس دکھائی دیا۔ یہ عید میلاد النبی کا جلوس تھا۔ اس جلوس میں گاؤں کے تمام چھوٹے بڑے مسلمان مرد شریک تھے۔ بچے اپنے ہاتھوں میں چھوٹی چھوٹی ہری جھنڈیاں تھامے ہوئے تھے۔ کچھ لوگو نے ہاتھوں میں بڑے بڑے جشن عید میلا النبی کے جھنڈے اور بینر اٹھار کھے تھے۔ ایک دو جگہ جلوس کے ساتھ میلاد پڑھی جا رہی تھی۔

جلوس کی اگلی صف کے بچے جوش اور خوشی میں نعرے لگا رہے تھے۔

"نعرۂ تکبیر"

"اللہ اکبر"

"نبی کا دامن"

"نہیں چھوڑیں گے"

"غوث کا دامن"

"نہیں چھوڑیں گے"

بچوں اور لوگوں نے ہاتھوں میں خوشبودار چھوٹی بڑی اگر بتیاں پکڑ رکھی تھیں جس کی وجہ سے سارا ماحول مہکا ہوا تھا۔ لوگ اپنے مکانوں کی کھڑکیوں، دروازوں، گیلری میں کھڑے ہو کر اس جلوس کو دیکھ رہے تھے۔

دوپہر تک یہ جلوس سارے گاؤں میں گھومتا رہے گا۔ دوپہر میں یہ جلوس پیر بابا کی درگاہ پر پہنچے گا جہاں پر کھانا پکا ہوگا اور سارے گاؤں والے وہاں دوپہر کا کھانا کھاتے کے لیے جائیں گے۔ جاوید بتانے لگا۔ وہ لوگ بھی جلوس میں شریک ہو گئے تھے۔

"کیا اس کھانے میں سارا گاؤں شریک ہوتا ہے؟"

"ہمارے بچے نہیں سارا گاؤں شریک ہوتا تھا۔ لیکن گذشتہ چند سالوں سے اب وہ بات نہیں رہی۔ اب صرف چند لوگ ہی شریک ہو پاتے ہیں۔" جاوید نے جواب دیا۔

جلوس مسلم محلے سے گزرنے لگا تو وہ محلے کی بہ رائش دیکھ کر دنگ رہ گیا۔ اس نے اس طرح کی سجاوٹ پنجاب میں صرف چند مخصوص موقعوں پر دیکھی تھی۔

گاؤں میں پچاس ساٹھ مسلم گھر ہوں گے۔ وہ تمام ایک محلے میں ہی تھے۔ مسلمانوں کی آبادی پانچ چھ سے کے قریب ہو گی۔ لیکن گاؤں پر مسلمانوں کا دبدبہ تھا۔ اس طور پر تھا کہ گاؤں کے تمام اہم کاروبار میں مسلمان شریک تھے۔ جاوید کے انسٹی ٹیوٹ کو ہی لیا جائے تو وہ گاؤں کی ریڑھ کی ہڈی کا مقام رکھتا تھا۔ جہاں سے علم، ہنر کی روشنی پھوٹتی تھی۔ مسلمانوں کے کھیت بھی تھے۔ تیل کی گھانیاں بھی تھیں۔ چھوٹے موٹے کاروبار بھی تھے۔ غریب مسلمان بھی تھے۔ جو کھیتوں میں مزدوری کرتے تھے یا پھر دوکانوں، کاروباروں میں کام کرتے تھے۔

کچھ گھر میں بہت زیادہ آسودگی تھی تو کچھ گھروں میں انتہا غریبی۔ ایک مسجد بھی جس میں پانچ وقت کی نماز پڑھی جاتی تھی۔ اس میں ایک مدرسہ تھا جس میں بچوں کو دین کی تعلیم دی جاتی تھی۔ ایک اسکول تھا جہاں بچے تعلیم حاصل کرتے تھے۔ لیکن اس اسکول میں صرف پرائمری درجے کی ہی تعلیم دی جاتی تھی۔ ہائی اسکول کی تعلیم اس اسکول سے فارغ ہو کر بچے گاؤں کے ہائی اسکول میں ہی حاصل کرتے تھے۔ تعلیم کے معاملے میں گاؤں میں اتنی روشن خیالی نہیں تھی۔

جاوید جیسے نوجوان تھے جو تعلیم کے میدان میں کافی دور تک گئے تھے۔ ورنہ بچے ابتدائی یا ہائی اسکول کی تعلیم حاصل کرنے کے بعد ماں باپ کے کاروبار یا دھندوں میں لگ کر پیسہ کمانے لگتے تھے۔ پیسہ ایک اہم شہ تھی۔ ہر کسی کو پیسے، دھن دولت کے معیار پر

ہی تو لا جاتا تھا۔

جاوید نے اسے اپنے گھر لے جا کر اسے ناشتہ کرایا۔ ناشتہ میں میٹھا اور طرح طرح کی مٹھائیاں تھیں۔ وہ جاوید کے گھر والوں سے ملا۔ جاوید کے گھر والے اس سے مل کر بہت خوش ہوئے۔ ان کے خلوص اور اپنائیت کو دیکھ کر اسے محسوس ہوا وہ گجرات کے ایک گاؤں نوٹیا میں نہیں ہے۔ پنجاب کے اپنے گاؤں میں ہی ہے۔

ناشتہ کر کے وہ دوبارہ جلوس میں شریک ہو گئے۔ جلوس گاؤں کی گلیوں سے گزر رہا تھا۔ ایک جگہ وہ ٹھٹک کر رہ گیا۔ ایک سہ منزلہ عمارت کی گیلری میں مدھو کھڑی جلوس کو دیکھ رہی تھی۔ مدھو کو دیکھ اس کا دل دھڑک اٹھا۔ تو یہ مدھو کا گھر ہے۔ مکان پر گجراتی میں کچھ لکھا تھا وہ پڑھ نہیں سکا۔ ٹکٹکی باندھے مدھو کو دیکھتا رہا۔ جلوس قریب آیا تو اس نے مدھو کے ہونٹوں پر ایک مسکراہٹ دیکھی۔ اس مسکراہٹ سے اس کے دل کی دھڑکنیں تیز ہو گئی۔ اسے لگا مدھو اسے دیکھ کر مسکرا رہی ہے۔ دوسرے ہی لمحے ہی میں وہ چونک پڑا۔ جاوید بھی مدھو کو دیکھ کر مسکرا رہا تھا۔ جاوید نے مسکرا کر مدھو کو ہاتھ بتایا تو جواب میں مدھو نے بھی ہاتھ ہلا کر جاوید کو جواب دیا۔ وہ ہکا بکا دونوں کو دیکھتا رہا۔ کچھ اس کی کچھ سمجھ میں نہیں آیا۔ پر ایک خیال بجلی کی طرح اس کے ذہن میں کوندا اور اس کی آنکھوں کے سامنے اندھیرا سا چھانے لگا۔

"کون ہے وہ" اس نے اپنے ہونٹوں کو تر کر کے حلق سے تھوک کو نگلا اور جاوید سے پوچھا۔

"مدھو اس کا نام ہے۔" جاوید بولا۔ "۱۰ویں تک ہم ساتھ ساتھ پڑھے ہیں۔ میرے سائبر میں باقاعدگی سے آتی ہے۔ کالج پڑھنے کے لیے شہر جاتی ہے۔"

"اور۔۔۔"

''اور کیا؟'' جاوید اس کا منہ دیکھنے لگا۔ ''سر دار جی یہ چہرے کا رنگ کیوں بدل گیا ہے۔ کیا دل کا معاملہ ہے؟''

''دل۔۔۔ ہاں۔۔۔ نہیں نہیں۔۔۔'' وہ بوکھلا گیا۔

'' تو پنجاب کا دل گجرات پر آ گیا۔'' جاوید اسے چھیڑنے لگا۔ ''دراصل مدھو چیز ہی ایسی ہے۔ آپ کا دل آگیا ہے تو کوئی بری بات نہیں ہے۔۔۔ لگے۔۔۔ رہے۔ منزل خود بہ خود آسان ہو جائے گی۔'' جلوس آگے بڑھتا گیا۔

وہ بار بار مڑ کر مدھو کو اس وقت تک دیکھتا رہا جب تک وہ آنکھوں سے اوجھل نہ ہو گئی۔ اسے اس بات کی خوشی تھی جلوس میں شریک ہونے کے بہانے اس نے مدھو کا گھر دیکھ لیا ہے۔ جاوید مدھو کو جانتا ہے یہ اور بھی اچھی بات تھی۔ اب تو جاوید سے مدھو کے بارے میں ساری معلومات مل سکتی ہے۔ اور پھر اس نے تاڑ بھی لیا ہے۔ کہ اس کا اور مدھو کا دل کا معاملہ ہے۔ اب معاملہ آگے بڑھے تو جاوید اس میں ساتھ دے سکتا ہے۔

جلوس پیر بابا کی درگاہ پر پہنچ گیا ندی کے کنارے ایک بڑے سے میدان میں بنی ایک درگاہ تھی۔ درگاہ کے چاروں طرف آم اور برگد کے بڑے بڑے درخت تھے اور آس پاس کھیتوں کے سلسلے۔ درگاہ کے قریب ایک بڑا سا کنواں تھا۔ اور درگاہ سے لگ کر ایک چھوٹا سا مکان بھی تھا۔ درختوں کے سایے میں جگہ جگہ دیگیں چھڑی ہوئی تھی جن میں کھانا پک رہا تھا۔ کچھ دیگوں میں کھانا تیار ہو گیا تھا۔ جلوس میں شریک لوگ میدان میں بیٹھ گئے۔

لاؤڈ اسپیکر سے بار بار اعلان ہو رہا تھا کہ لوگ جلد از جلد قطار میں بیٹھ جائیں کھانا شروع ہو رہا ہے۔ وہ اور جاوید ایک پیڑ کے نیچے بیٹھ گئے۔ کھانے کی تقسیم شروع ہو گئی۔ جرمن کی رکابیوں میں کھانا ان کے سامنے آیا۔ کھانا میٹھا چاول تھا۔ چاول اور گڑ سے بنایا

ہوا میٹھا چاول۔ جاوید وہاں بیٹھنے سے قبل قریب لگی دوکانوں سے آم کا اچار۔ پاپڑ اور پکوڑے لے آیا تھا۔ ایک نظر میں اسے یہ کھانا بڑا عجیب لگا اس نے آج تک اس قسم کا کھانا نہیں کھایا تھا۔

"کھایئے سردار جی۔۔۔ یہ کھانا سال میں صرف ایک بار پکتا ہے۔" جاوید نے اسے ٹوکا تو اس نے کھانا شروع کیا۔ ایک دو نوالے حلق سے نیچے اترنے کے بعد اسے محسوس ہوا کھانا تو بڑا لذیذ ہے۔ اسے پکوڑوں، چنے کی چٹنی اور آم کا اچار کے ساتھ کھایا جائے تو اس کی لذت دوبالا ہو جاتی ہے۔ پلیٹ میں کا کھانا ختم ہونے سے قبل کھانا تقسیم کرنے والے پلیٹ میں کھانے کا ڈھیر لگا دیتے تھے۔ ڈھیر دیکھ کر اسے محسوس ہوتا تھا کہ بہت کھانا ہے ختم نہیں ہوگا۔ لیکن دیکھتے ہی دیکھتے وہ پیٹ میں پہنچ جاتا تھا۔ اس نے بھوک سے زیادہ کھالیا تھا۔

کھانا کھا کر اس نے درگاہ کے کنویں سے پانی پیا۔ لوگ کھانا کھانے کے لیے خوق در جوق آرہے تھے۔ تھوڑی دیر کے بعد عورتیں بھی کھانا کھانے کے لیے آنے لگیں۔ عورتوں کا دوسری جگہ انتظام کیا گیا تھا۔

"یہ کھانے کا سلسلہ شام چار بجے تک چلتا رہے گا۔" جاوید کہنے لگا۔ "اس میں آس پاس کے گاؤں سے بھی لوگ شریک ہوں گے۔" کھانا کھا کر وہ ندی کنارے چلتے چلتے واپس آ گئے۔ ندی میں برائے نام پانی تھا۔

واپس دوکان پر آکر اس نے رگھو اور راجو کو بھی کھانے کی چھٹی دے دی۔ وہ لوگ بھی کھانا کھانے کے لیے پیر بابا کی درگاہ پر جانے والے تھے۔ ان کے جانے کے بعد وہ دوکان میں اکیلا رہ گیا۔ لیکن دوکان میں کوئی کام بھی نہیں تھا۔ اس کے دل میں آیا دوکان بند کر کے سو جائے۔ کوئی گاہک تو آنے سے رہا۔ عید میلاد النبی کی وجہ سے شاید گاہکوں

نے سمجھ لیا تھا اس کی بھی دوکان بند رہے گی یا پھر انھیں اس کی دوکان کے سامان کی ضرورت محسوس نہیں ہو رہی تھی۔

وہ کرسی پر بیٹھ کر اونگھنے لگا۔ اور پھر کاؤنٹر پر سر رکھ سو گیا۔ ایک دو بار چونک کر اس کی آنکھ کھلی۔ اسے لگا جیسے کوئی آیا ہے۔ لیکن اس نے جب دیکھا سامنے سڑک پر دور دور تک سناٹا ہے تو وہ پھر دوبارہ کاؤنٹر پر سر رکھ کر سو گیا۔

راجو اور رگھو دو گھنٹے کے بعد آئے۔ ان کے آنے تک اس نے ایک اچھی خاصی جھپکی لے لی تھی۔ شام پانچ بجے کے قریب خبر آئی کہ چوراہے پر کچھ گڑبڑ ہوئی ہے۔ تفصیلات معلوم کرنے پر پتہ چلا کہ سویرے سے ہی چوراہے پر کچھ لوگوں نے بورڈ لگائے تھے کے پیر بابا کی درگاہ پر جشن عید میلا النبی کے سلسلے میں ہونے والے کھانے میں ہندو شریک نہ ہوں۔ یہ دھرم کے خلاف ہے۔ ملیچھ لوگوں کا کھانا کھانا اپنا دھرم بھرشٹ کرنا ہے۔ اس کے باوجود لوگ کھانا کھانے کے لیے جانے لگے تو انھوں نے انھیں جانے سے روکنے کی کوشش کی۔ کسی کے ساتھ معاملہ تکرار سے بڑھ کر جھگڑے تک پہنچ گیا تو کچھ لوگ دباؤ میں آکر سہم کر ان کی بات مان کر واپس اپنے گھروں کو لوٹ گئے۔

ایک بار تکرار اتنی بڑی کے معاملہ ہاتھا پائی تک پہنچ گیا۔ اس کے بعد روکنے والوں نے چوراہے پر لگی جھنڈیاں نکال کر آگ میں جلانی شروع کر دی۔ سجاوٹ اور آرائش کو نقصان پہنچانے لگے۔ مسلمانوں کی بند دکانوں پر پتھراؤ کرنے لگے۔

جب مسلمانوں کو معلوم ہوا تو وہ بھی ایک جگہ جمع ہو گئے۔ اس پر وہ لوگ ان مسلمانوں پر پتھراؤ کرنے لگے۔ جواب میں مسلمان بھی پتھراؤ کرنے لگے۔ جس سے معاملہ اور بڑھ گیا۔ پتھراؤ میں دونوں جانب کچھ اور لوگ شامل ہو گئے۔ اس سے قبل کے معاملہ سنگین صورتِ حال اختیار کرے، گاؤں کے کچھ بڑے لوگوں نے دونوں گروہوں

کو سمجھا کر معاملہ رفع دفع کر دیا۔ اور دونوں کو اپنے اپنے گھروں کو بھیج دیا۔ زندگی پھر سے معمول پر آگئی۔

☆

معاملہ معمولی تھا مگر ایک عجیب سی بے چینی اس کے اندر سماگئی تھی۔ دوکان سے گاہک غائب ہوگئے تھے۔ اس لیے دوکان کھلی رکھ کر کوئی فائدہ نہیں تھا۔ اس نے چھ بجے دوکان بند کر دی اور رگھو اور راجو سے کہا کہ ”وہ گھر چلے جائے۔“

حالات کا جائزہ لینے کے لیے وہ چوک تک گیا۔ سارا ہنگامہ چوک میں ہی ہوا تھا۔ سڑکوں سے بھیڑ غائب ہوگئی تھی۔ اکا دکا لوگ دکھائی دے رہے تھے۔ گھروں کے دروازے بھی بند تھے۔ چوک کے پاس پولس کی ایک گاڑی کھڑی نظر آئی۔ زیادہ تر دوکانیں بند تھیں۔ ایک دو جگہ جلی چیزوں کا ڈھیر دکھائی دے رہا تھا تو ایک دو جگہ پتھروں اور ٹوٹی ہوئی بوتلوں کی کانچ پڑی تھیں۔ دونوں جانب سے پتھر اور کانچ کی بوتلوں کا تبادلہ ہوا تھا اس لیے دونوں جانب دونوں چیزوں کا ڈھیر تھا۔

سویرے اس نے چوک کی سجاوٹ دیکھی تھی۔ وہ اب تبدیل ہوگئی تھی۔ چوک میں ایک دو گجراتی میں لکھے بورڈ اب بھی آویزاں تھے۔ وہ گجراتی پڑھ تو نہیں پارہا تھا لیکن ان بورڈوں پر لگے بھگوا جھنڈے اور ان پر لکھی بھگوا تحریریں ان بورڈ پر کیا لکھا ہے اس بات کی غمازی کر رہے تھیں۔ لوگ دو چار چار کے گروہ میں کھڑے ہو کر ایک دوسرے سے باتیں کر رہے تھے۔ وہ کیا باتیں کر رہے تھے اس کے تو کچھ بھی پلے نہیں پڑ رہا تھا۔ اس نے ایک دو آدمی سے جاننے کی کوشش بھی کی کہ معاملہ کیا ہے؟ اس پر تو انھوں نے اسے گھور کر دیکھا پھر بولے۔۔۔ ”ارے جو معاملہ تھا ختم ہو گیا سردار جی۔ اب یہاں بیکار

رک کر کوئی فائدہ نہیں۔ اپنے اپنے گھروں کو جاؤ اسی میں بھلائی ہے۔ یہاں کھڑے رہیں گے تو دو بات ہو گی اور معاملہ اور بڑھ جائے گا۔"

"پاگل لوگ ہیں۔ ارے پاگلوں کے کیا منہ لگا جائے۔"

"آج تک ایسا نہیں ہوا۔ اب ایسا ہونا بھی نہیں چاہیے۔"

"ارے یہ تو شروعات ہے۔ آگے آگے دیکھے ہوتا ہے کیا۔"

اسے لگا اس کا وہاں رکنا عقلمندی کی بات نہیں ہے۔ پولس اسے مشتبہ نظروں سے دیکھ رہی ہے۔ وہ وہاں سے واپس دوکان پر چلا آیا۔ اور اوپر اپنے کمرے میں جا کر رات کا کھانا بنانے لگا۔ دوپہر کا کھانا اب تک پیٹ میں تھا۔ اس لیے رات کے کھانے کی گنجائش تو نہیں تھی۔ پھر بھی اس نے تھوڑا سا کھانا کھا لینا کا سوچ لیا۔ رات کھانا کھا کر سانے کے لیے لیٹا تو نیند آنکھوں سے غائب تھی۔ بھلا رات دس بجے اسے نیند آسکتی تھی۔ بے چینی سی کروٹیں بدلتا دن بھر کے واقعات کے بارے میں سوچنے لگا۔

سویرے جو کچھ ہوا۔ اس نے دیکھا، محسوس کیا وہ ایک خوشگوار تجربہ تھا۔ لیکن شام کو جو کچھ ہوا اس نے اپنی آنکھوں سے دیکھا اس کے لیے ایک ناخوشگوار تجربہ تھا۔ معاملہ کچھ بھی نہیں تھا۔ اور معاملہ کافی بڑھ گیا۔ معاملہ اس سے زیادہ بھی بڑھ سکتا تھا۔ اگر بڑھ جاتا تو۔ یہ سوچ کر اس کے ماتھے پر ٹھنڈے پسینے کی بوندیں ابھر آئیں۔ وہ اس کے آگے سوچ نہیں سکتا تھا۔ اسے لگ رہا تھا اگر معاملہ بڑھ جاتا تو اور اس کی دوکان بھی محفوظ نہیں رہے۔ وہ ایک ناوابستہ آدمی تھا۔ دونوں گروہوں سے اس کا کچھ لینا دینا نہیں تھا۔ لیکن اس کی دوکان لوگوں کی نظر میں تھی۔ اس کی دوکان اس کاروبار دھندہ کئی لوگوں میں کھٹکتا ہے۔ شرپسند اس واقعہ یا اس طرح کے کسی واقعہ کی آڑ میں اسے اور اس کی دوکان کو بھی نشانہ بنا سکتے ہیں۔

اس بات سے اسے اتنی بے چینی ہونے لگی کہ دل میں آیا اس دوکان، کام دھندے کو چھوڑ کر وہ واپس پنجاب چلے جائے اور اپنے چاچا سے کہہ دے۔۔۔ ''اب میں اس گاؤں میں نہیں رہ سکتا۔ نہ وہ کام دھندہ کاروبار کر سکتا ہوں۔ تم چاہو تو وہ دوکان فروخت کر دو ،کسی کو کرائے پر دے دو۔ اب مجھ سے یہ کام نہیں ہو سکتا۔'' پھر اس نے سر جھٹک دیا۔ اتنی چھوٹی چھوٹی باتوں سے اگر وہ گھبرا جائے گا تو پھر زندگی جی چکا۔

کروٹیں بدل بدل کر وہ سونے کی کوشش کر رہا تھا کہ اچانک اپنے مکان کے نیچے اسے ایک موٹر سائیکل رکنے کی آواز سنائی دی۔

''سردار جی۔۔۔ سردار جی۔۔۔'' ایک شناسا آواز کو سن کر اس نے فوراً بستر چھوڑ دیا۔ گیلری میں آ کر جھانک کر دیکھا تو اس کے اندازے کے مطابق جاوید ہی تھا۔ جو اسے آوازیں دے رہا تھا۔

''ارے جاوید بھائی آپ اس وقت۔۔۔؟'' اس نے حیرت سے پوچھا اور نیچے اتر آیا۔

''ہاں انسٹی ٹیوٹ کا ایک راؤنڈ لگائے آیا تھا۔ سوچا آپ سے ملتا چلوں۔''

''سب خیریت تو ہے نا۔۔۔؟''

''ہاں خیریت ہی ہے۔ لیکن کچھ کہا نہیں جا سکتا۔ دن میں تو میری کمپیوٹر کلاس کے پاس کچھ نہیں ہوا۔ لیکن پھر بھی ڈر لگا ہوا ہے کہ کہیں شر پسند رات میں اسے نقصان پہنچانے کی کوشش نہ کر رہے۔ اس لیے سوچتا ہوں آج رات بھر جاگوں۔ اور ایک دو دو گھنٹہ بعد جا کر انسٹی ٹیوٹ کو دیکھتا رہوں۔''

''ہاں۔۔۔ جاوید بھائی۔۔۔ احتیاط کرنے کی بہت ضرورت ہے۔ ڈر تو مجھے بھی محسوس ہو رہا ہے۔''

"ارے ڈر آپ کو کس بات کا سردار جی۔" جاوید ہنسا۔ ڈر تو ہم لوگوں کو ہونا چاہیے۔

"میرا کاروبار لوگوں کی نظروں میں کھٹکتا ہے۔" اس نے کہا۔

"ہاں ہے کاروبار ہی تو سارے فساد کی جڑ ہے۔ مفاد پرست اپنے مفاد کے لیے دھرم، مذہب کی آڑ لیتے ہیں۔ اور چھوٹی چھوٹی باتوں پر ہنگامہ کھڑا کر کے معاملہ کو بگاڑنے کی کوشش کرتے رہتے ہیں۔ اب یہ صرف عید میلاد النبی کی بات ہی نہیں ہے۔ نوراتری میں بھی مسلمانوں کو نوراتری کے اتسو میں شامل ہونے سے روکا جاتا ہے۔ بہت سے مسلمان اس لیے اب اس طرح کے اتسو میں شریک نہیں ہوتے ہیں۔ کہاں ذرا سی بات پر معاملہ بگاڑا جائے۔ ورنہ کچھ سالوں قبل تک تو ایسی کوئی بھی بات نہیں تھی۔ نوراتری میں گربھا کھیلنے والا کون مسلمان ہے کون ہندو پہچان میں نہیں آتا تھا۔ عید میلاد النبی کے کھانے میں نہ شریک ہونے کی تو پہلے بات کرنے کا کوئی سوچ بھی نہیں سکتا تھا۔ ویسے آپ کو ڈرنے کی کوئی ضرورت نہیں ہے۔ آپ سے وہ لوگ ڈریں گے۔ صرف ایک بار اپنی کرپان کھول کر گاؤں والوں کو بتا دیجیے۔ کوئی آپ کی دوکان کی طرف آنکھ اٹھانے کی جرات بھی نہیں کرے گا۔"

"اب کرپان سے کون ڈرتا ہے۔ جاوید بھائی۔ اب بندوق کا زمانہ ہے۔ پستول کے سامنے میری کرپان کی کیا بساط۔" وہ بولا۔

ایک دو باتیں کر کے جاوید چلا گیا۔ اس سے کہہ گیا کہ "وہ اطمینان سے سو جائے۔ "لیکن نیند اسے کہاں آرہی تھی۔ نیند تو آنکھوں سے دور تھی۔ گیلری میں کھڑا وہ سناٹے میں ڈوبی گاؤں کی عمارتیں، سڑکوں اور گلیوں کو دیکھتا رہا۔ کبھی سر اٹھا کر آسمان کو دیکھنے لگتا۔ پھر اچانک ذہن میں مدھو کا خیال آیا۔ آج عید میلاد النبی کی چھٹی کی وجہ سے وہ کالج

نہیں گئی تھی۔ اب جب گاؤں میں یہ معاملہ ہو گیا ہے کیا اس کے گھر والے اسے کالج جانے دیں گے۔۔۔؟ اس کا جواب وہ تلاش نہیں کر پا رہا تھا۔ اس کے گھر والوں نے اگر کل مدھو کو کالج جانے نہیں دیا تو کا وہ مدھو کے دیدار سے محروم رہے گا۔

اس بات کو سوچ کر اس افسردگی چھا گئی اسے لگا اس لق و دق صحرا میں صرف مدھو ہی ایک ایسا نخلستان جس کے سہارے وہ آگے بڑھنے کی سوچ سکتا ہے۔ جس کے تصور سے وہ اس ریگستان کا سفر طے کر سکتا ہے۔ لیکن کتنی عجیب بات ہے معاملہ صرف دیدار تک اٹکا ہوا۔ اسے مدھو کے دیدار سے ہی ایک ایسا روحانی سکون ملتا ہے جس کو وہ بیان نہیں کر سکتا۔ ساری عمر اس کے سامنے مدھو کا چہرہ رہے اور وہ ساری عمر مدھو کے چہرے کو تاکتا رہے۔ پتہ نہیں اس کے لیے مدھو کے دل میں کس طرح کے جذبات ہے۔ اس نے ابھی تک اپنی کسی حرکت سے مدھو پر اپنی محبت کا اظہار بھی تو نہیں کیا ہے۔ اور یہ ضروری نہیں ہے کہ اگر وہ مدھو پر اپنے پیار کا اظہار کر دے تو مدھو اس کے پیار کو قبول ہی کرے۔ یہ ضروری نہیں کہ اس کے بعد وہ مدھو سے پیار کرنا چھوڑ دے۔ کیونکہ پیار یک طرفہ بھی تو ہو سکتا ہے۔ ممکن نہیں کہ دو طرفہ بھی ہو۔

دنیا میں ایسے ہزاروں لاکھوں لوگ ہیں جو اپنے محبوب سے یک طرفہ پیار کرتے ہیں۔ اپنے پیار کا اظہار بھی اس پر کر نہیں پاتے۔ ہر کسی کو اس کے دل کی مراد مل جائے یہ ممکن نہیں ہر کسی کو اس کی چاہت اس کا پیار مل جائے یہ ممکن نہیں ہے۔ اس کے گاؤں میں کئی لڑکیاں اس سے پیار کرتی تھیں۔ لیکن وہ ان سے پیار نہیں کرتا تھا۔ کئی لڑکیوں نے اس سے اپنے پیار کا اظہار کیا تھا اور کہا تھا ”اگر وہ انھیں نہیں ملا تو وہ اپنی جان دے دے گی۔“ ان کے پیار کے اظہار کے باوجود اس کا دل نہیں پگھلا تھا۔ اس کا دل میں ان کے لیے پیار کا جذبہ نہیں جاگا تھا۔ نہ اس دل میں ان کے لیے پیار کا جذبہ جاگا تھا نہ انھوں

نے اس کے لیے اپنی جان دی تھیں۔ ان کی شادی ہو گئیں تو چپ چاپ اپنے شوہروں کے پاس چلی گئیں۔

اس طرح کی ہزاروں باتیں گیلری میں کھڑا بہت دیر تک سوچتا رہا۔ جب اس کے قدم بوجھل ہونے لگے اور آنکھوں میں نیند سمانے لگی تو چپ چاپ اندر آیا اور بستر پر لیٹ کر بے خبر سو گیا۔

☆

دوسرے دن آنکھ جلد کھل گئی تو وہ صرف مدھو کی کشش تھی۔ جس کی وجہ سے آنکھ جلد کھل گئی ورنہ رات بھر وہ ٹھیک سے سو نہیں پایا تھا۔ رات کے پہلے حصہ میں آنکھ لگی لیکن بھیانک خوابوں اور خیالوں نے اس کس نیند کا سلسلہ منقطع کر دیا۔

اس نے خواب میں دیکھا سارا گاؤں جل رہا ہے۔ ہزاروں افراد پر مشتمل ایک ٹولی ہے۔ جو اشتعال انگیز نعرے لگاتا ہوا آگے بڑھ رہا ہے۔ اس کے ہاتھوں میں ہتھیار ہے۔ ٹولہ گھروں کو آگ لگاتا ہے۔ اپنے ہاتھوں کی ترشولوں سے مکانوں کے مکینوں کے جسموں کو چھیدتا ہے اور دہکتی ہوئی آگ میں جھونک دیتا ہے۔ بچوں کو نیزوں پر اچھالتا ہے۔ حاملہ عورتوں کی پیٹ کو چاک کر کے ان سے نوزائد بچے نکال کر آگ میں جھونک دیتا ہے۔

اس ٹولے نے آکر اس کی دوکان گھیر لی۔ ٹولے ایک چہرہ باہر آیا۔ یہ اس کے پڑوسی کا تھا جس کی اسپیر پارٹس کی دوکان تھی۔ جلا ڈالو۔۔۔ جلا ڈالو۔۔۔ وہ ہاتھ اٹھا کر چیخا۔ اور ٹولہ خوفناک دل کو دہلانے دینے والے نعرے لگتا اس کی دوکان کی طرف بڑھا۔ اور اس کی آنکھ کھلی گئی تھی۔ اور اس کے باوجود لاکھ کوشش کے وہ ٹھیک طرح سے سو نہیں سکا۔ سوتے جاگنے کی کیفیت میں رات گزر گئی۔

سویرے ایسا لگا کہ اب گہری نیند آجائے گی لیکن مدھو کے تصور نے اسے سونے نہیں دیا۔ وہ برش کرتا گیلری میں آکر کھڑا ہوا۔ پو پھوٹ چکی تھی۔ اور دھیرے

دھیرے چاروں طرف اجالا پھیل رہا تھا۔ وہ بس اسٹاپ کو گھورنے لگا۔ اسے گاؤں آئی سڑک پر ایک سایہ سا رینگتا ہوا دکھائی دیا اور اس کی دل کی دھڑکنیں تیز ہو گئیں۔ دھیرے دھیرے اس سائے کے رنگین خدوخال واقع ہونے لگے۔ وہ مدھو ہی تھی۔ ہاتھوں میں کتابوں کو دبائے وہ بس اسٹاپ کی طرف بڑھ رہی تھی۔

بس اسٹاپ پر پہنچنے سے قبل لاشعوری طور پر اس نے اس کی گیلری پر نظر ڈالی۔ گیلری میں اسے کھڑا دیکھ کر وہ ٹھٹکی پھر اس نے ہونٹوں پہ ایک دلکش مسکراہٹ رینگ گئی۔ اسے لگا جیسے وہ مسکراہٹ اس کے دل کے تاروں کو چھیڑ کر اس کے وجود میں دلکش ترنگیں پیدا کر رہی ہے۔ مدھو کا اسے دیکھ کر مسکرانا اس بات کی گواہی تھ کہ مدھو کے دل میں اس کے لیے کوئی لطیف گوشہ ہے۔ اگر مدھو کے دل میں کوئی جذبہ نہیں ہوتا تو اسے دیکھ کر اس کے چہرے پر کوئی تاثر نہیں ابھرتا۔ اس کے مدھو کو ہاتھ بتایا۔

مدھو کے چہرے پر شرم کے تاثرات ابھرے اور اس نے بھی ہاتھ ہلا کر اس کے ہاتھ ہلانے کا جواب دیا۔ مدھو کے جواب کو پا کر اس کی ہمت بڑھی۔ اس نے مدھو کی طرف فلائنگ کس اچھال دیا۔ جواب میں مدھو نے بھی اس کی جانب فلائنگ اچھالنا چاہا لیکن اس کے ہاتھ ہونٹوں پر چپک سے گئے اور شرما کے اس نے اپنا سر جھکا لیا۔

وہ گیلری پر اپنی کہنی رکھ کر مدھو کو دیکھنے لگا۔ مدھو بھی اسے شرمیلی نگاہوں سے مسلسل تاکے جارہی تھی۔ یہ سلسلہ اس وقت ٹوٹا جب بس آگئی۔ مدھو نے ہاتھ اٹھا کر اسے گڈ بائے کہا۔ اور بس میں جا کر بیٹھ گئی۔ بس چلی گئی تو وہ اندر آیا۔ اسے کوئی تیاری نہیں تھی۔ وہ سب تیاری کر چکا تھا۔ مدھو کا انتظار کرنے کے لیے وہ پہلے سے تیار ہو جاتا تھا۔ اس کے ایک دوست نے کہا تھا۔ ''بغیر تیار ہوئے سردار جی دنیا کا سب سے گندہ آدمی محسوس ہوتا ہے۔ اتنا گندہ کے افریقہ کے کسی قبیلے کی عورت بھی اس پر نظر ڈالنا پسند نہیں

کرے گی۔"

اسے وہ بات یاد تھی۔ اس لیے وہ اپنے کھلے بال لنگی اور بنیان میں مدھو کے سامنے جا کر اس کا تصور توڑنا نہیں چاہتا تھا۔ اس لیے مدھو کے آنے سے قبل ہی وہ اپنے سر کے بال سنوار کر اس پر قرینے سے پگڑی باندھ لیتا تھا۔ اور اچھا سا ڈریس تن زیب کر لیتا تھا۔ تا کہ وہ کسی "دلیر مہدی" سے کم دکھائی نہ دے۔ خوش لباسی کے معاملہ میں دلیر مہدی اس کا آئیڈیل تھا۔ وہ دلیر مہدی کو سب سے زیادہ خوش لباس سکھ مانتا تھا۔ جو اپنی خوش لباس کے وجہ سے ہر کسی پر اثر چھوڑ کر تھوڑی سی نقل کرنے کی کوشش کرتا تھا۔

دن بڑے اطمینان سے گزرا۔ معمول کے مطابق دھندہ چلتا رہا۔ گاہک آتے جاتے رہے۔ لوگ اپنے اپنے کاموں میں لگے رہے۔ کا کے واقعات کا کسی پر اثر نہیں تھا۔ شام کے وقت اس نے رگھو کے حوالے دوکان کر کے چوک کی طرف کا رخ کیا۔ وہ جاوید کے سائبر کی طرف چل دیا۔ سائبر میں حسب معمول بھیڑ تھی۔ کئی گاہک انتظار کر رہے تھے۔ ان میں کئی لڑکیاں بھی تھیں۔ ۱۶ سے ۲۲ سال کی عمر لڑکیاں۔ لڑکے بھی تقریباً اسی عمر کے تھے۔

"آیئے سردار جی۔۔۔ خیریت؟" جاوید نے اسے دیکھ کر پوچھا۔

"دیکھنے آیا ہوں کل کے معاملے کا کیا اثر ہوا ہے۔"

"اثر تو کچھ بھی نہیں پڑا ہے۔ سب کچھ معمول کے مطابق چل رہا ہے ایسا لگ رہا ہے جیسے کچھ ہوا ہی ہیں۔ جاوید کہتا اسے اپنے آفس میں لے گیا۔" اس نے اپنے لیے انسٹی ٹیوٹ میں ایک چھوٹا سا آفس بنا رکھا تھا۔

"تمہاری سائبر میں لڑکیاں تو بہت آتی ہیں جاوید بھائی۔" اس نے پوچھا۔

"لڑکیاں نہیں نوجوان لڑکیاں کہیے سردار جی۔" جاوید نے مسکرا کر کہا۔

دراصل یہ چیز اس عمر کے لوگوں کے ہیں۔ چاہے وہ لڑکے ہو یا لڑکیاں۔ لڑکے زیادہ تر چیٹنگ کے لیے آتے ہیں۔ یا پھر 'نیوڈ سائٹ' دیکھنے کے لیے۔ لڑکیاں چیٹنگ کے لیے آتی ہے۔ ان میں زیادہ تر لڑکیوں کا نظریہ ہوتا ہے چیٹنگ کے ذریعے وہ غیر ممالک میں آباد گجراتی لڑکوں سے دوستی کریں۔ اور معاملہ آگے بڑھا کر شادی تک پہنچا دے تاکہ ان کے ماں باپ کے سر سے ان کی شادی کا تلوار کی طرح لٹکا نہ رہے اور وہ ان کے لیے اچھا لڑکا ڈھونڈنے کے لیے پریشان نہ رہے۔ میرے سائبر کی وجہ سے کئی لڑکیوں کی شادیاں غیر ممالک میں ہو چکی ہیں اور کئی لڑکیوں کی شادیاں غیر ممالک میں طے ہو چکی ہیں۔

''وہ کامیاب رہی یا ناکام؟''

''اب یہ تو ان کا مسئلہ ہے۔ لوگوں کو بھی محسوس ہو گیا ہے کہ سائبر کے ذریعے لڑکیاں جلد اچھا جیون ساتھی ڈھونڈ کر سارے معاملات طے کر کے ان کے ذہن سے ایک بوجھ دور کر دیتی ہیں اس لیے وہ انھیں سائبر جانے سے روکتے نہیں۔ رات کے ۱۲ بجے تک یہاں لڑکیوں کی بھیڑ ہوتی ہیں۔ ۱۵ کمپیوٹر لگا چکا ہوں پھر بھی کبھی کوئی کمپیوٹر خالی نہیں ہوتا ہے۔ اب بھی ۱۵ کمپیوٹرس کی ضرورت ہے۔'' جاوید بولا۔

اچانک اس کا دل دھڑک اٹھا۔ اس کے مدھو کو سائبر میں داخل ہوتے دیکھا۔ یہ؟ اس نے جاوید کی طرف سوالیہ نظروں سے دیکھا۔

''مدھو نے اندرون بھائی پٹیل کی لڑکی ہے۔'' جاوید نے جواب دیا۔ ''یہ بھی سائبر میں باقاعدگی سے آتی ہے۔ اس کی بھابھی سے چیٹنگ وغیرہ کرتی ہے۔''

جاوید کی بات سن کر اس نے اطمینان کی سانس لیا۔ ''جاوید بھائی کوئی کمپیوٹر خالی نہیں ہے۔'' مدھو جاوید کے آفس میں چلی آئی۔

''تھوڑاانتظار کرناپڑے گا۔'' جاوید نے مسکرا کر جواب دیا۔

''کہاں انتظار کروں بیٹھنے کی بھی جگہ نہیں؟'' مدھو اٹھلا کر بولی۔

''اگر اعتراض نہیں ہو تو میرا آفس حاضر ہے۔'' کہتے مسکرا کر جاوید نے ایک کرسی کی طرف اشارہ کیا۔ مدھو مسکرا کر بیٹھ گئی۔ اس کا دل دھڑک اٹھا۔

''ان سے ملو سردار جسمیندر سنگھ عرف جمی۔'' جاوید نے اس کی طرف اشارہ کرتے ہوئے مدھو سے کہا۔

''ہاں میں انھیں جانتی ہوں۔'' مدھو نے مسکرا کر جواب دیا۔

''جانتی ہوں؟'' جاوید نے حیرت سے دونوں کی طرف دیکھتے ہوئے۔

''وہ بس اسٹاپ کے سامنے ان کی دوکان ہے ناگرو نانک اسپیر پارٹس۔'' مدھو نے جواب دیا۔

''اچھا اچھا، اور تم وہاں سے روزانہ آتی جاتی ہو۔'' جاوید نے کہا۔ ''جمی یہ مدھو ہے میری کلاس میٹ۔ میں شاید کل اس کے بارے میں تمہیں بتاچکاہوں۔'' جاوید بولا۔

''ہاں انھیں توروز ہی دیکھتاہوں۔'' وہ شرمیلے لہجے میں بولا۔

اتنے میں جاوید کو کسی لڑکے نے آواز دی۔ کسی کمپیوٹر میں کوئی پرابلم آیا تھا۔ ''میں ابھی آیا'' کہہ کر جاوید اٹھ کر آفس سے چلا گیا۔ اب وہ دونوں آفس میں اکیلے تھے۔ کبھی ایک دوسرے کی طرف دیکھتے دونوں کی نظریں ملتیں تو مسکرا دیتے یا پھر گھبرا کر دوسری طرف دیکھنے لگتے۔

''آپ روز کالج جاتی ہیں؟'' مدھو سے بات کرنے کے لیے اس نے پوچھا۔

''کالج توروز ہی جاناپڑتا ہے۔'' مدھو نے مسکرا کر جواب دیا۔ مدھو کا جواب سن کر وہ جھینپ گیا۔

"کالج جاتے ہوئے کبھی میرے غریب خانے پر بھی آجایا کیجیے۔ سویرے آپ بس اسٹاپ پر کھڑی ہو کر بس کا انتظار کرتی ہیں اچھا نہیں لگتا۔ اگر میرے غریب خانے پر آئیں تو میں آپ کو ناشتہ یا چائے تو دے سکتا ہوں۔" وہ بولا۔

"آپ کے گھر میں کون کون ہیں؟" مدھو نے پوچھا۔

"جی کوئی نہیں میں ہی اکیلا ہوں"

"او" مدھو نے اپنے ہونٹ سکوڑے۔

"آپ کھانا کیا کھاتے ہیں؟"

"میں۔۔۔ میں خود کھانا بناتا ہوں۔"

"آپ کو کھانا بنانا آتا ہے۔" مدھو کا چہرہ چمکنے لگا۔

"حالات انسان کو یہ رنگ میں ڈھال دیتے ہیں۔"

"آپ کو آلو کے پراٹھے بنانے آتے ہیں۔"

"ہاں بنا سکتا ہوں"

"مجھے پنجابی آلو کے پراٹھے بہت پسند ہے۔"

"تو پھر کل غریب خانے پر آیئے آپ کے لیے آلو کے پراٹھے تیار ہوں گے۔" اس نے کہا۔

اس درمیان جاوید اندر آیا۔ "مدھو، چار نمبر کمپیوٹر خالی ہو رہا ہے تم وہاں پر بیٹھ سکتی ہو۔"

"شکریہ" کہہ کر مدھو اٹھ کر چلی گئی۔ مدھو کے جاتے ہی اس کا چہرہ اتر گیا۔

"کیا بات ہے سردار جی" جاوید نے چھیڑتے ہوئے کہا۔ "میرا جلد آنا اچھا نہیں لگا۔" اس نے کوئی جواب دیا۔ "اچھا سمجھ گیا دل کا معاملہ ہے۔۔۔" کہتے ہوئے وہ اسے

چھیڑنے لگا۔

آفس کے کانچ سے باہر وہ کمپیوٹر پر بیٹھی مدھو کو دیکھ رہا تھا۔ مدھو ماؤس اور کی بورڈ سے کھیلنے میں مصروف تھی۔ کبھی وہ سر اٹھا کر اسے دیکھ لیتی۔ دونوں کی نظریں ملتیں تو وہ مسکرا دیتی۔ اس کی مسکراہٹ سے اس کے اندر جیسے جلترنگ سی بجنے لگتی۔ ایک فون آیا تو جاوید فون پر بات کرنے لگا۔

"میں ابھی آیا" کہہ کر وہ اٹھا اور مدھو کے پاس جا کر کھڑا ہو گیا۔ مدھو کچھ ٹائپ کر رہی تھی۔ اس طرح کسی کے کمپیوٹر کے پاس جا کر کھڑا ہو جانا، اس کی تنہائی میں رخنہ ڈالنا سائبر کیفے کے آداب کے خلاف تھا۔ لیکن مدھو نے کوئی اعتراض نہیں کیا۔

"میرے بھائی کا ای میل آیا ہے۔ اس کے ای میل کا جواب دے رہی ہوں۔ میرا بھائی امریکہ میں ہے میری بھابھی بھی امریکہ میں ہے۔ اکثر یا تو ہماری فون پر باتیں ہو جاتی ہیں یا پھر ای میل سے۔ کبھی کبھی چیٹنگ کے ذریعے بھی ہم ایک دوسرے سے باتیں کرتے ہیں۔" مدھو اسے بتانے لگی۔

یہ کیا گورکھ دھندہ ہے اسکے سمجھ میں نہیں آرہا تھا۔ لیکن اس وقت اسے شدت سے احساس ہونے لگا اسے بھی یہ سیکھنا چاہیے۔ کم سے کم وہ اس طرح مدھو کے سامنے اپنا کمپیوٹر شناسا ہونے کا اظہار تو کر سکتا ہے۔

اس وقت کیفے میں ایک نوجوان داخل ہوا۔ وہ سائبر کیفے میں ایک ایک لڑکی پر نظر ڈالتا سیدھا مدھو کے پاس آیا۔ اس نے اسے ناپسندیدہ نظروں سے اسے دیکھا اور اسے بازو ہٹا کر مدھو کے پاس کھڑا ہو گیا اور اس سے گجراتی میں میں کچھ کہنے لگا۔ مدھو بھی اس کا جواب گجراتی میں دینے لگی۔ مدھو کے چہرے پر آئے ناگواری کے تاثرات اس بات کا اظہار کر رہے تھے کہ اسے اس نوجوان کا اس طرح آکر اس سے باتیں کرنا پسند نہیں آیا

ہے۔ دونوں کبھی کبھی اونچے لہجے میں باتیں کرنے لگتے۔ سائبر میں بیٹھے دوسرے لوگ چونک کر انھیں گھورنے لگتے ان کے اس انداز سے اس نے اندازہ لگایا جیسے وہ کسی بات پر بحث کر رہے ہیں یا جھگڑ رہے ہیں۔

تھوڑی دیر بعد جاوید اٹھ کر وہاں آیا اور وہ بھی گفتگو یا جھگڑے میں شامل ہو گیا۔ دونوں میں بحث ہوتی رہی پھر وہ نوجوان چلا گیا۔ تو جاوید نے اسے اپنے پیچھے آنے کا اشارہ کیا۔ ''کون تھا یہ؟'' جاوید کے آفس میں پہنچ کر اس نے پوچھا۔

''مہندر راوجی پٹیل'' جاوید نے جواب دیا۔ ایک بڑے باپ کا بگڑا ہوا بیٹا ہے۔ سیاسی لیڈر رہے۔ غنڈہ اور بدمعاش بھی ہے۔ کہہ کر وہ رک گیا۔ اور سب سے بڑی بات یہ ہے کہ مدھو پر عاشق ہے۔

یہ سن کر اس کے دل کو ایک دھکا سا لگا۔

''اور دوسری بات یہ ہے کہ مدھو اس کو ذرا بھی گھاس نہیں ڈالتی ہے۔''

جاوید کی دوسری بات سن کر اسے کچھ اطمینان ہوا۔ اس نے ایک دو گھنٹے سائبر کیفے میں گزارے۔ اس دوران کبھی چور نظروں سے کبھی دیدہ دلیری سے مدھو کی طرف دیکھتا رہا۔ کبھی مدھو کے پاس جا کر اس کا قریب سے جائزہ لیتا رہا۔ جاتے وقت وہ دھیرے سے بولا ''سویرے میں تمہارے آلو کے پراٹھے تیار رکھوں گا۔ ناشتے میں میرے آلو کے پراٹھے کھائے بنا کالج نہیں جانا۔''

اس کے بات کا مدھو نے کوئی جواب نہیں دیا۔ صرف دھیرے سے مسکرائی۔ وہ اس کو مدھو کی ہاں سمجھ گیا۔

اس رات وہ بہت خوش تھا۔ اس نے مدھو کو نہ صرف کافی قریب سے دیکھا تھا بلکہ بہت دیر تک باتیں بھی تھیں اور کل مدھو اس کے گھر ناشتے پر آنے والی تھی۔ اس سے

بڑھ کر خوشی کی بات اور کیا ہو سکتی تھی۔ لیکن ایک اور بات تھی جو کیل کی طرح اس کے سینے میں چبھ رہی تھی۔ مہندر پٹیل۔۔۔ مدھو کا عاشق گاؤں کا رئیس ہے۔ بڑے باپ کا بگڑا ہوا بیٹا ہے، سیاسی لیڈر رہے، غنڈہ ہے، بدمعاش ہے اور مدھو پر عاشق ہے۔

وہ اپنا موازنہ مہندر سے کرنے لگا۔ تو اسے مایوسی ہوتی آخر اس نے سر جھٹک دیا اور سو گیا۔ سویرے اسے جلد اٹھنا تھا۔ مدھو کے لیے پراٹھے بنانے تھے۔ آلو کے پراٹھے اس نے آج تک نہیں بنائے تھے۔ لیکن پراٹھے بنتے دیکھے تھے۔ جگیر کے ہوٹل میں وہ چھوٹے موٹے کام کرتا تھا اس لیے کھانا بنانا سیکھ گیا تھا۔

سویرے وہ جلد جاگ گیا۔ رات میں ہی اس نے آلو چھیل رکھے تھے۔ آلو کو بھوننے کے لیے اس سے کڑھائی میں ڈال دیا۔ اور پراٹھے بنانے میں لگ گیا۔ اسی دوران وہ اچھی طرح تیار بھی ہو گیا تھا۔ نہا دھو کر اس نے خوشبو اپنے جسم پر ملی اور سب سے اچھا ڈریس پہنا۔ وہ آج دلیر مہدی کی سے کم دکھائی نہیں دینا چاہیے۔

آلو کے پراٹھے، چائے، اچار، چٹنی، پاپڑ، ناشتے میں پتہ نہیں اس نے کیا کیا چیزیں تیار کریں۔ اب صرف مدھو کی آمد کا انتظار تھا۔ وہ گیلری میں کھڑا ہو کر مدھو کا انتظار کرنے لگا۔ مدھو وقت سے پہلے آگئی۔ اس نے مدھو کو اوپر آنے کا اشارہ کیا تو وہ اوپر آگئی۔ اس نے مدھو کے سامنے ایک بڑی سی رکابی میں سارا ناشتہ پروس دیا۔

"واؤ۔۔۔ اتنے پراٹھے۔۔۔ اتنے پراٹھے تو میں تین دنوں تک کھا سکتی ہوں۔"

"تین دنوں کے لیے نہیں یہ صرف آج کے لیے ہے۔" اس نے مدھو سے کہا تو مدھو مزے لیکر آلو کے پراٹھے کھانے لگی۔

مدھو پراٹھے کھاتی جاتی اور ان کی لذت اور بنانے والے کی تعریف کرتی جاتی۔ وہ اپنے بنائے آلو کے پراٹھوں کی تعریف سن کر خوشی سے پھولا نہیں سما رہا تھا۔ مدھو نے

صرف دو پراٹھے کھائے اور چار پراٹھے اپنے ٹفن میں ڈال دیے۔

''ٹھیک ہے۔ اپنی سہیلیوں کو اصلی پنجاب کے یہ پراٹھے کھلاؤں گی اور ان سے کہوں گی یہ ایک اصلی پنجابی نے بنائے ہیں۔''

اسی دوران بس آگئی تو مدھو جلدی سے اتر کر بس میں جابیٹھی۔ جاتے ہوئے وہ اس سے کہہ گئی۔۔۔ ''جمی جی۔۔۔ آج آپ نے پنجاب کے پراٹھے ناشتہ میں کھلائے۔ کل میں آپ کو ناشتے میں گجرات کا کھمن کھلاؤں گی۔ ناشتہ مت بنائے گا میں ناشتہ لے کر آؤں گی۔''

وہ اس تصور سے جھوم اٹھا کے کل بھی مدھو اس کے گھر آئے گی۔ آج کا دن اس کی زندگی کا یادگار دن تھا۔ اسے اتنی خوشی مل تھی کہ وہ اس خوشی کا تصور بھی نہیں کر سکتا تھا۔ اس کا پیار اس کی مدھو اس کے گھر آئی تھی۔ اس بڑھ کر خوشی اس سے اور کیا ہو سکتی ہے۔ کہا تو وہ سوچتا تھا کہ وہ تو کبھی مدھو سے بات بھی نہیں کر پائے گا۔ صرف دور سے زادگی بھر دیکھتا رہے گا۔ اور صرف دو دنوں میں فاصلے اتنے سمٹ گئے ہے کہ وہ تو ان کے بارے میں سوچ بھی نہیں سکتا تھا۔ اسے لگا اب منزل دور نہیں۔ اس نے مدھو کے سامنے اپنے پیار کا اظہار نہیں کیا ہے لیکن اب پیار کا اظہار کوئی مشکل کام نہیں ہے۔ اب وہ تنہائی سے مدھو کے سامنے اپنے پیار کا اظہار کر سکتا ہے۔ اظہار کے کئی ذرائع ہے۔

اب وہ مدھو سے بنا جھجک کھل کر بات کر سکتا ہے۔ اسکے پاس مدھو کا ٹیلی فون نمبر ہے۔ مدھو کے پاس اس کا ٹیلی فون نمبر ہے۔ اسے مدھو کے کالج کا نام اور پتہ بھی معلوم ہے وہ چاہے تو مدھو سے اس کے کالج میں بھی جا کر مل سکتا ہے۔ اور کل تو مدھو اس کے گھر دوبارہ آرہی ہے۔ اس کے لیے ناشتہ لے کر۔ وہ خوشی سے جھوم رہا تھا۔ لیکن ایک چہرہ جو بار بار اس کی آنکھوں کے سامنے گھوم جاتا تھا مہندر پٹیل کا چہرہ۔ مہندر پٹیل کا چہرہ

اپنی آنکھوں کے سامنے دیکھ کر وہ سہم جاتا تھا۔ اور آنکھوں کے سامنے اندھیرا سا چھانے لگتا تھا۔ او اس اندھیرے میں اسے مدھو کی صورت ڈوبتی محسوس ہوتی تھی۔

☆

وہ دن بھی اس کے لیے بیساکھی سے کم نہ تھا۔ جو خوشی ایک کو بیساکھی کے دن محسوس ہوتی ہے اسے اسی دن محسوس ہو رہی تھی۔ مدھو اس کے گھر آئی تھی اور اس کے ناشتہ کے لیے کھمن بنا کر لائی تھی۔ ایک گجراتی کھانا تھا جو عام طور پر ناشتہ میں کھایا جاتا تھا۔ اس سے قبل اس نے وہ نہیں کھایا تھا۔ کھانا بڑا لذیذ تھا۔ اس پر چٹنیوں کی آمیزش اس کے ذائقہ کو دوبالا کر دیتی تھی۔ جاتے ہوئے اس سے کہہ گئی کے آج اس کے کالج میں دو ہی پیریڈ ہے اگر وہ چاہے تو شہر آسکتا ہے۔ اس نے فوراً حامی بھر لی اور کہہ دیا اس وقت وہ کالج کے گیٹ کے باہر انتظار کرے گا۔

مدھو بس میں بیٹھ کر چلی گئی۔ لیکن اس کے دل کو چین نہیں تھا۔ دو گھنٹے بعد ہی ملنے کا وعدہ تھا۔ اس لیے اس کا کسی کام میں دل نہیں لگ رہا تھا۔ رگھو اور راجو آئے تو اس نے ان سے کہہ دیا وہ ایک کام سے شہر جا رہا ہے۔ شام کو آئے گا وہ دوکان دیکھ لے۔ اور فوراً سامنے کھڑی بس میں بیٹھ کر شہر کو چل دیا۔ آدھے گھنٹے میں وہ شہر میں تھا۔ اور ابھی پورے ایک گھنٹے اسے مدھو کا انتظار کرنا تھا۔ شہر اس کے لیے نیا تھا۔ کوئی شناسا بھی نہیں تھا جس کے پاس جا کر وقت گزارا جائے۔ مدھو نے کالج کا پتہ بتا دیا تھا۔ بس اسٹاف سے تھوڑی دیر پیدل چلنے کے بعد مدھو کا کالج آجاتا تھا۔ وہ کالج پر پہنچ کر کالج کے گیٹ کے باہر مدھو کا انتظار کرنے لگا۔

آتے جاتے لوگ اسے بڑی عجیب نظروں دیکھتے اور آگے بڑھ جاتے تھے۔ پہلے

اس کی سمجھ میں ان لوگوں کی نظروں کا مطلب نہیں آیا پھر وہ خود اپنے آپ پر نظر پڑی۔ اس کی حالت شہر میں ہاتھی کی سی ہے۔ جس طرح اگر ہاتھی شہر میں آ جائی تو شہر والوں کے لیے وہ عجوبہ ہوتا ہے وہ بھی شہر والواں کے لیے عجوبہ تھا۔ اس وقت شہر میں شاید اکلوتا سکھ تھا۔ اس لیے لوگ اسے حیرت سے دیکھ رہے تھے۔ اسے لگا اسے اپنی شناخت چھپانا سب سے مشکل کام ہے۔ وہ لاکھوں میں پہچانا جا تا سکتا ہے۔ اور کوئی بھی اسے جاننے دور ہی سے اسے دیکھ کر کہہ سکتا ہے" یہ جسمیندر سنگھ عرف جمی ہے۔ نوٹیا گاؤں کے۔ گرونانک اسپئر پارٹس کا مالک۔" اور آج اس نے مدھو کے ساتھ شہر کی سے کرنے کا منصوبہ بنایا ہے۔ مدھو کو شہر میں شاید ہی پہچانی جائے۔ لیکن اسے پہچان لینا آسان سا کام ہے۔ پھر اگر کسی سردار کے ساتھ کوئی لڑکی ہو تو وہ لوگ ہر کسی کی توجہ کا مرکز بن سکتے ہیں۔ خصوصی طور پر اگر وہ لڑکی گجراتی ہو تو۔ پھر اس نے اپنا سر جھٹک دیا۔ اب ان باتوں سے کیا ڈرنا۔ جب پیار کیا تو ڈرنا کیا۔ جو ہو گا دیکھا جائے گا۔

وقت مقرر پر مدھو باہر آ گئی۔ وہ مدھو کا ہاتھ پکڑ کر تیزی سے ایک رکشا میں بیٹھ گیا اور رکشا والے سے چلنے کے لیے کہا۔ اگر کالج کا کوئی لڑکا لڑکی مدھو کو اس کے ساتھ دیکھ لیتا تو سارے کالج میں فسانہ بن جاتا مدھو ایک سردار جی کے ساتھ کہیں گئی ہے۔ کالج سے دور پہنچ کر وہ رکشا سے اترے۔ اور انھوں نے شہر کی سیر شروع کی۔ مدھو شہر کی ایک ایک چیز کے بارے میں اسے بتانے لگی دوپہر کا کھانا انھوں ایک اچھی ہوٹل میں کھایا۔ کھانا کھاتے ہوئے وہ مدھو سے پوچھ بیٹھا۔ "یہ مہندر پٹیل کون ہے؟"

"مہندر" اس کا نام سن کر مدھو نے اپنے ہونٹ بھینچے۔ "تم نے اس کا نام کیوں لیا۔ میں اس کا نام کو سننا بھی پسند کرتی ہوں۔"

"مویتی پتہ تو چلے کہ وہ کون سی ہستی ہے۔"

"ایک غنڈہ، موالی ہے۔ مجھ سے عشق کرتا ہے۔"

"اور تم؟" اس نے مدھو کی آنکھوں میں دیکھا۔

"میں اس کے منہ پر تھوکنا بھی پسند نہیں کرتی۔"

"وجہ؟"

"کہہ دیا نہ وہ ایک غنڈہ بد معاش ہے مجھے ذرا بھی پسند نہیں۔ میری برادری کا ہے تو کیا ہوا وہ مجھے اپنی جاگیر سمجھتا ہے۔ مجھے رشتہ بھی لگایا تھا میرے گھر والے راضی ہو گئے تھے مگر میں نے صاف کہہ دیا کہ مہندر سے شادی کرنے کے بجائے میں کنواری رہنا پسند کروں گی۔ اس پر اس نے چیلنج کیا کہ ایک دن وہ مجھے شادی کے لیے راضی کر لے گا۔ تب سے آئے دن آ کر مجھ پر اپنا حق جتاتا رہتا ہے۔"

"ہوں" مہندر کی کہانی سن کر اس نے ایک ٹھنڈی سانس لی۔ تو وہ میرا رقیب ہے۔

"رقیب؟" مدھو ہنس پڑی "وہ کس طرح؟"

"وہ تمہیں پیار کرتا ہے اور میں بھی تمہیں پیار کرتا ہوں۔"

"وہ کیا مجھے پیار کرے گا۔ میرے جسم کو پانا چاہتا ہے۔ ایک بار اگر اس نے میرا جسم پا لیا تو میری طرف آنکھ اٹھا کر بھی نہیں دیکھے گا۔ کسی دوسری لڑکی پر ڈورے ڈالنے لگے گا۔ اس لیے میں اس سے شادی کرنا نہیں چاہتی۔ لیکن تم کب سے مجھ سے پیار کرنے لگے؟"

"جب پہلی بار دیکھا تھا۔"

"کیا پہلی بار دیکھنے سے ہی پیار ہو جاتا ہے۔"

"سچا پیار تو پہلی نظر سے ہی شروع ہو جاتا ہے۔"

"اچھا۔۔۔ اور پیار۔۔۔" وہ اس کی آنکھوں میں جھانکنے لگی۔

"یہ پیار کیا ہوتا ہے؟"

"یہ ایسا جذبہ ہے جو لفظوں میں بیان نہیں کیا جاسکتا" وہ بولا۔

"لیکن اس پیار کی کوئی تو نشانی تو ہوگی۔"

"اس وقت ہم آمنے سامنے بیٹھے ایک دوسرے کی آنکھوں میں دیکھ کر خوش ہو رہے ہیں۔ ایک روحانی مسرت حاصل کر رہے ہیں یہ بھی پیار کی ایک نشانی ہے۔" وہ بولا۔

اس کی بات سن کر مدھو کے چہرے پر سرخی چھا گئی۔ "کیا تم مجھے اسی طرح پیار کرتے رہو گے۔"

"ہاں اسی طرح۔ اور تم؟"

"میں بھی تمہیں اس طرح پیار کرتی رہوں گی۔"

"تو اس کا مطلب ہے تم بھی مجھ سے پیار کرتی ہو۔"

"کیوں تمہیں کوئی شک ہے؟ مدھو کے چہرے پر غصے کے تاثرات ابھرے۔ مہندر جیسے کئی لڑکے میرے پیچھے پڑے ہیں لیکن میں کسی کو گھاس نہیں ڈالتی۔ بس تم پر دل آگیا جب تمہیں دیکھا تو تم دل میں اتر گئے۔ آتے جاتے دیکھتی رہی۔ اور میری روح میں اتر گئے۔"

"اوے بلے بلے" وہ خوشی سے ناچنے لگے۔

"ارے یہ کیا تماشہ ہے۔ یہ ہوٹل ہے گھر نہیں۔" مدھو نے اسے پیار سے ڈانٹا تو اس نے خود پر قابو کیا۔

"ساری ساری" یہ کہہ کر وہ چور نظروں سے چاروں طرف دیکھنے لگا۔ سچ مچ ہر کسی کی نگاہ اس پر مرکوز تھی۔ اس لیے زیادہ دیر تک وہاں بیٹھنا انھوں نے مناسب نہیں

سمجھا۔ اس نے ہوٹل کا بل ادا کیا اور جلدی سے ہوٹل کے ویٹر آ گئے۔ اس کے بعد دوبارہ ان کی تفریح شروع ہو گئی جو شام پانچ بجے تک جاری رہی۔

شام پانچ بجے کی بس سے وہ واپس گاؤں آ گئے۔ مدھو اپنے گھر چلی گئی۔ وہ آ کر دوکان پر بیٹھ گیا۔ ”رگھو سب ٹھیک تو ہے؟“ اس نے رگھو سے پوچھا۔

”سب ٹھیک ہے سیٹھ۔ مہندر اور سیف ہوٹل والے کی خوب مار پیٹ ہوئی۔

”مار پیٹ ہوئی؟ کیوں؟“

”ارے وہ تو کئی دنوں سے لگ رہا تھا کہ دونوں میں جم کر مار پیٹ ہو گی۔ جب سے سیف ہوٹل کھلی ہے۔ آس پاس کا تمام چھوٹے بڑے ہوٹلوں کا دھندہ ختم ہو گیا ہے۔ سیف ہوٹل میں کولڈ ڈرنک، جوس، ٹھنڈا وغیرہ بہت عمدہ اور سستے داموں میں ملتا ہے اس لیے ہر کوئی اسی ہوٹل میں جاتا ہے۔ یہ بات تمام ہوٹل والوں کی نظر میں کھٹک رہی تھی۔ مہندر کی بھی ایک ہوٹل ہے۔ وہ تو بالکل ہو گئی تھی۔ اس لیے مہندر اور زیادہ کھائے بیٹھا تھا۔ موقع کی تاک میں تھا کب اسے موقع ملے اور وہ سیف ہوٹل کے خلاف کوئی کاروائی کرے۔ آج پوری تیاری سے سافٹ ڈرنک پینے کے لیے وہ سیف ہوٹل کیں لیا۔ سافٹ ڈرنک پی کر بل کے لیے اس نے ویٹر سے جھگڑا کیا اور اس کے منہ میں مار دیا۔ ہوٹل کے مالک سیف الدین نے اسے ویٹر پر ہاتھ اٹھانے سے روکا تو وہ سیف الدین پر ٹوٹ پڑا۔ سیف الدین مضبوط آدم ہے اس نے جم کر مہندر کی پٹائی کر دی۔ اس پر مہندر کے آدمی ہوٹل میں گھس کر توڑ پھوڑ کرنے لگے۔ جواب میں ہوٹل کے ویٹروں نے ان کی پٹائی کر دی۔ سیف الدین نے مہندر کو اتنا مارا کے بڑی مشکل سے جان بچا کر وہ بھاگا اور پولیس تھانے پہنچا۔ پولیس آئی اور سیف الدین اور اس کے ساتھیوں کو پکڑ کر لے گئی۔ ہوٹل بند ہے۔ اور ابھی تک پولیس اسٹیشن میں ہنگامہ چل رہا ہے۔ دونوں طرف کے لیڈر

معاملے کو سمجھانے کی کوشش کر رہے ہیں۔ لیکن مہندر معاملہ بڑھا رہا ہے۔"

رگھو کی بات سن وہ سوچ میں ڈوب گیا۔ کچھ سوچ کر اس نے جاوید کو فون لگایا۔

"جاوید بھائی میں ذرا شہر گیا تھا۔ سنا ہے گاؤں میں کوئی ہنگامہ ہوا ہے۔"

"ہاں مہندر نے ہنگامہ کھڑا کیا تھا۔ ہوٹل میں توڑ پھوڑ، مار پیٹ ہوئی ہے۔ معاملہ پولیس اسٹیشن میں ہے دیکھیں کیا ہوتا ہے۔" جاوید نے جواب دیا۔

"کوئی گڑبڑ تو نہیں۔"

"گڑبڑ تو نہیں ہے لیکن معاملہ مہندر کا ہے۔ وہ معاملے کو کیا رنگ دے گا اس بارے میں کہا نہیں جاسکتا ہے۔" جاوید بولا۔ "ویسے گاؤں والوں کو اس معاملے میں کوئی دلچسپی نہیں ہے۔ کاروباری دشمنی ہے۔"

جاوید کی بات سن کر وہ سوچ میں ڈوب گیا۔ اسے لگا گاؤں میں ایک الاؤ جل رہا ہے اور مہندر جیسے لوگ اس الاؤ کو جلانے کے لیے نفرت، دشمنی، فرقہ پرستی کی لکڑیاں لالا کر ڈال رہے ہیں۔ تاکہ الاؤ کی آگ اور تیزی سے بھڑکے۔

دوسرے دن معاملہ نے ایسی نوعیت اختیار کرلی جس کے بارے میں سوچا بھی نہیں جاسکتا تھا۔ مہندر کا تعلق جس پارٹی سے تھا اس پارٹی نے اپنے لیڈر پر ہوئے شرمناک قاتلانہ حملے کے خلاف گاؤں کا کاروبار بند رکھنے کی اپیل کی تھی۔ سویرے سے ہی پارٹی کے ورکر آکر دوکانیں بند کرا رہے تھے۔ اس نے جب دوکان کھولی تو وہ ورکر اس کے پاس بھی آئے۔

"سردار جی دوکان بند کیجیے"

"کیوں بھائی"

"ہمارے لیڈر مہندر پٹیل پر ایک غنڈے، پاکستانی ایجنٹ گینگ کے سرغنہ سیف

الدین نے حملہ کیا ہے، اسے بڑی طرح زخمی کیا ہے۔ اس غنڈہ گردی کے خلاف احتجاج کرنے کے لیے ہم نے یہ بند رکھا ہے۔ ہمارا مطالبہ ہے سیف الدین اور اس کے ساتھیوں کو پوٹا کے تحت گرفتار کیا جائے۔ اس کے ہوٹل کو جرائم پیشہ افراد کا اڈا ہے اسے بند کیا جائے۔ سیف الدین کا تعلق پاکستانی ایجنسی آئی ایس آئی سے ہے۔ اس کی جانچ کی جائے اور گاؤں میں اس سے تعلق رکھنے والے دوسرے لوگوں کو بھی بے نقاب کیا جائے۔"

ان کی باتیں سن کر اس نے اپنا سر پکڑ لیا۔ "ہر کوئی جانتا تھا معاملہ کیا ہے۔ کتنی نوعیت کا ہے لیکن اس کو ایسا رنگ دیا جائے گا کوئی اس کے۔ بارے میں سوچ بھی نہیں سکتا تھا۔" رگھو نے اسے مشورہ دیا۔

"سیٹھ جی۔۔۔ دوکان بند رکھی جائے تو بہتر ہے۔ مہندر نے غنڈے پال رکھے ہیں۔ دوکان کھلی رکھنے پر ہو سکتا ہے وہ کوئی گڑبڑ کرے۔"

اس نے دوکان بند کر دی۔ معاملہ کا جائزہ لینے کے لیے چوک کی طرف آیا تو اسے سارا ماحول بدلا ہوا دکھائی دیا۔ ایک بھی دوکان چالو نہیں تھی۔ سڑکوں پر سناٹا تھا جگہ جگہ مہندر بھائی پٹیل پر ہونے ہوئے شرمناک قاتلانہ حملے کے خلاف بورڈ لگے تھے۔ اور بند کا نعرہ لکھا تھا۔

اخبارات آ گئے تھے۔ اخبارات نے اس خبر کو نمایاں انداز میں چھاپا تھا۔ اخباروں میں لکھا تھا سیف الدین ایک غنڈہ ہے۔ کئی طرح کے غیر قانونی دھندوں اور جرائم میں ملوث ہے۔ لیکن اس کا رسوخ اتنا ہے کہ آج تک پولیس اس پر ہاتھ نہیں ڈال سکی۔ اس کا تعلق پاکستانی خفیہ ایجنسی سے ہے۔ جس سے وہ ملک دشمن سرگرمیوں میں بھی ملوث ہے۔ پولیس ایسے گناہ گار کے خلاف کاروائی نہیں کر رہی ہے۔

گاؤں والے تو سب جانتے تھے کہ حقیقت کیا ہے لیکن اخبارات کی اس طرح کی

خبروں کا اثر پورے علاقے پر پڑا۔ اس طرح کی خبریں پڑھ کے آس پاس کے لوگ سوچنے لگے کہ ضرور نوٹیا میں کوئی بڑا واقعہ ہوا ہے۔ ریاست کے اہم لیڈران گاؤں آئے اور وہ بھی مہندر کی حمایت میں آواز اٹھانے لگے۔

رات کا معاملہ ختم ہو گیا تھا۔ پولیس نے مار پیٹ کا کیس مہندر اور سیف دونوں کے آدمیوں کو ضمانت پر چھوڑ دیا تھا۔ لیکن معاملہ ایسا رخ اختیار کرے گا کوئی سوچ بھی نہیں سکتا تھا۔ وہ جاوید کمپیوٹر اسنٹی ٹیوٹ کے پاس آیا تو جاوید اور بند کرانے والوں میں حجت چل رہی تھی۔

"دیکھیے۔۔۔ آپ کا احتجاج اپنی جگہ پر ہے۔ لیکن اس اسنٹی ٹیوٹ کو بند کرا کر آپ کو کیا ملے گا یہاں بچے تعلیم حاصل کرتے ہیں۔ ایک دن بند سے ان کی تعلیم کا نقصان ہو گا۔"

"ارے بڑا آیا تعلیم کے نقصان پر ماتم کرنے والا۔ بند کرتا ہے یا پتھر بازی شروع کریں۔ لگتا ہے یہ بھی سیف الدین کا ساتھی ہے۔ اس سالے کا نام بھی آئی ایس آئی کے ایجنٹوں میں ڈالو۔"

اب معاملے کی نزاکت کو جاوید سمجھ گیا۔ نہ چاہتے ہوئے بھی اس نے کہہ دیا۔ "ٹھیک ہے میں آج انسٹی ٹیوٹ بند رکھتا ہوں۔"

"جے شری رام۔ جے بجرنگ بلی" کے نعرے لگاتے وہ لوگ آگے بڑھ گئے۔

"جاوید بھائی یہ کیا تماشہ ہے۔" وہ جاوید سے بولا۔

"سردار جی۔۔۔ کبھی آپ کے پنجاب میں جو کچھ ہوتا تھا آج سارے گجرات میں ہو رہا ہے۔ کبھی پورے پنجاب پر دہشت گردوں کا سکہ چلتا تھا۔ آج سارے گجرات پر فرقہ پرستوں کا سکہ چلتا ہے۔ کیونکہ حکومت ان کی ہے، پولیس ان کی ہے، میڈیا ان کی ہے۔

وہ چاہے تو جھوٹ کا سچ اور سچ کا جھوٹ قرار دے دیتے ہیں۔ اب سیف بھائی کا معاملہ لے لو۔ سارا گاؤں اسے جانتا ہے۔ سیدھا سادھا آدمی ہے۔ اس کا کسی سے کوئی لینا دینا نہیں ہے۔ لیکن کاروباری رقابت نے اسے گینگ اسٹار، ملک دشمنی سرگرمیوں میں ملوث، غنڈہ قرار دے دیا ہے۔ کون اس کی بے گناہی کی گواہی دینے جائے گا۔ دوسرے شہروں میں کئی بڑے بڑے لیڈر آ گئے۔ ایک بڑا سا جلوس نکالا گیا جس میں مسلمانوں کے خلاف ، سیف الدین کے خلاف اور پولیس کے خلاف نعرے لگائے گئے۔ اور پولیس سے مطالبہ کیا گیا کہ فوراً سیف الدین کو پوٹا کے تحت گرفتار کیا جائے۔''

''ایک بڑا سا جلسہ ہوا۔ جس میں مسلمانوں کے خلاف خوب زہر اگلا گیا۔ انھیں ملک کا دشمن قرار دیا گیا۔ ان کو اس ملک سے ملک بدر کرنے کا عزم کیا گیا اعلان کیا گیا کہ مسلمانوں کا بائیکاٹ کیا جائے۔ ان کے ساتھ کوئی بھی کاروباری تعلق نہ رکھا جائے۔ ان کی دوکانوں سے نہ سامان خریدا جائے اور نہ انھیں سامان دیا جائے۔ ان کو نہ نوکریاں دی جائے اور نہ وہ لوگ دھرنا دے کر سڑک پر بیٹھ گئے۔ اور راستہ روک دیا۔ پولیس کے اعلیٰ افسران بھی آ گئے۔ انھوں نے سمجھایا'' پولیس نے معاملہ درج کر لیا ہے۔ تحقیقات کی جا رہی ہے۔ گناہ گار کے ساتھ سختی سے نپٹا جائے گا اور اس کے خلاف سخت کاروائی کی جائے گی۔ آپ ماحول خواب نہ کریں۔ معاملے اور نہ بگاڑیں۔ اس کی آنچ آس پاس کے گاؤں میں بھی پھیل سکتی ہے۔''

لیکن کوئی سننے کو تیار نہیں تھا۔ مجبوراً پولیس کمشنر نے حکم دیا کہ سیف الدین اور اس تمام ساتھیوں کو گرفتار کر لیا جائے۔

ہوٹل بند کر دی گئی اور اس پر سیل لگا دیا گیا۔ پولیس کی اس کاروائی پر جلوس نے فاتحانہ نعرے لگائے اور خوشیاں منائی۔

''ہم سے جو ٹکرائے گا مٹی میں مل جائے گا''

''پاکستان پہنچادیں گے، قبرستان پہنچادیں گے''

''مہندر بھائی آگے بڑھو۔۔۔ ہم تمہارے ساتھ ہیں''

''جے شری رام۔۔۔ جے بجرنگ بلی۔۔۔ جے بھوانی''

شام ہونے سے قبل سارا تماشہ ختم ہو گیا۔ دھیرے دھیرے دوکانیں کھلنے لگیں۔ اور زندگی معمول پر آنے لگیں۔ لوگ جو خوف سے اپنے گھروں میں دبک کر بیٹھ گئے تھے۔ گھر کے باہر آنے لگے اور سڑکوں پر زندگی کے آثار نمایاں ہو گئے۔ لوگ جگہ جگہ بھیڑ کی شکل میں جمع ہوتے اور دن بھر کے واقعات پر گفتگو کرنے لگتے۔ اسے حیرت اس بات پر تھی کہ سیف الدین کو گاؤں کے بچہ بچہ جانتا تھا۔ وہ اسی گاؤں میں پلا تھا۔ اس کی شرافت، ایمانداری اور بھائی چارگی کی مثال سارا گاؤں دیتا تھا۔ لیکن وہی گاؤں والے اسی سیف الدین کی بارے میں طرح طرح کی باتیں کر رہے تھے۔

''سیف الدین تو بڑا غنڈہ نکلا''

''ارے صرف غنڈہ نہیں ملک دشمن بھی''

''وہ پاکستان کا ایجنٹ ہو گا کوئی سوچ بھی نہیں سکتا تھا۔''

''کسی بھی مسلمان پر بھروسہ نہیں کیا جاسکتا پر مسلمان پاکستان کا ایجنٹ ہے۔ انڈیا کا دشمن۔۔۔ ملک کا غدار''

''اچھا ہوا مہندر بھائی نے اسے پکڑوا دیا۔ ورنا کسی دن ہمارے پورے گاؤں کو اڑا دیتا۔''

''مہندر بھائی کی پہنچ بہت ہے۔ وہ تو کہتا ہے کہ اس گاؤں میں اور بھی پاکستانی کے ایجنٹ ہیں۔''

وہ یہ باتیں سنتا تو اس کی آنکھوں کے سامنے اندھیرا سا چھانے لگتا۔ اسے لگ رہا تھا۔۔۔ الاؤ روشنی کے لیے کیا پھر تاپنے کے لیے جلایا جاتا ہے۔ لیکن اس گاؤں میں جو الاؤ جلایا جایا رہا ہے اور اس میں جس طرح کی نفرت زہر بھری لکڑیوں کا استعمال کیا جا رہا ہے۔ ایسا لگتا ہے سارے گاؤں کو اس میں بھسم کرنے کے لیے اس الاؤ کو جلایا جا رہا ہے۔

☆

دوسرے دن سیف الدین کی گرفتاری کی خبریں نمایاں انداز میں تھیں خبریں کچھ اس انداز سے شائع ہوئی تھیں کہ جو پڑھتا تھا دنگ رہ جاتا تھا۔

”نوٹیا گاؤں سے پاکستانی ایجنٹ گرفتار۔۔۔ پاکستان کے خفیہ ایجنسی آئی ایس آئی کے سب سے خطرناک ایجنٹ سیف الدین کو پولیس نے اس کے ۱۰ ساتھیوں کے ساتھ گرفتار کیا۔۔۔ بی جے پی اور بجرنگ دل کے صدر پر قاتلانہ حملہ کرنے والے پاکستانی ایجنٹ کی گرفتاری۔۔۔ گرفتار شدہ پاکستانی ایجنٹ کئی سالوں سے پاکستان کی خفیہ ایجنسی کے لیے کام کررہا ہے۔ اور ملک دشمن سرگرمیوں میں ملوث ہے۔ اس نے ممبئی کے طرز پر گجرات کے مختلف شہروں میں بم دھماکے کرنے کی منصوبہ بنارکھا تھا۔ اس کے علاوہ ملک کی فوجی نوعیت کی تنصیبات کو نشانہ بنانے کا پلان بنایا تھا۔ ممکن ہے تلاش میں اس کے ہوٹل سے خطرناک ہتھیار اور گولہ بارود برآمد ہو۔۔۔ سیف الدین نے نوٹیا گاؤں کو ملک دشمن سرگرمیوں کا اڈا بنارکھا تھا۔ اسکے اور بھی ساتھی اس وقت گاؤں میں موجود ہے۔ اگر ان کی گرفتاری جلد عمل میں نہیں آئی تو یہ ملک کے لیے خطرہ ثابت ہو سکتی ہے۔ ممکن ہے۔ نوٹیا کے گھروں کی تلاشی کی جائے تو ان گھروں سے مہلک ہتھیار برآمد ہو۔ سیف الدین اور اس کے ساتھیوں پر پوٹا لگا کر اس پر کھلی عدالت میں مقدمہ چلایا جائے۔“

”اس کے ہاتھوں زخمی ہونے والے گاؤں کے ہر دل عزیز لیڈر بی جے پی کے رہنما

اور بجرنگ دل کے صدر مہندر بھائی پٹیل کی حالت بدستور، تشویشناک ہے۔ڈاکٹروں نے اب بھی انھیں خطرے سے باہر قرار نہیں دیا ہے۔"

اسے تو گجراتی پڑھنی نہیں آتی تھی لیکن لوگ آکر اسے اخبارات کی خبریں سناتے تھے اور اس کی دوکان پر کھڑے ہو کر تبصرہ کرتے تھے۔ جہاں تک وہ سیف الدین کو جانتا تھا وہ ایک سیدھا سادھا انسان تھا۔ اس کا پالیٹکس ،غنڈہ گردی یا ملک دشمن سرگرمیوں سے دور کا بھی واسطہ نہیں تھا۔ لیکن تمام اہم گجراتی اخبارات نے اس کے خلاف ایک سے الزامات لگا کر اسے ملک کا سب سے بڑا دشمن اور غنڈہ قرار دے دیا تھا۔ اور جس مہندر کی حالت تشویشناک بتائی گئی تھی وہ دندناتا گاؤں میں گھوم رہا تھا۔ اصلیت تو وہ اور نوٹیا گاؤں کے لوگ جانتے تھے۔ جو لوگ اخبارات میں یہ خبریں پڑھیں گے وہ تو سچ سمجھیں گے اور سیف الدین کو پاکستانی ایجنٹ ،ملک دشمن ،بہت بڑا غنڈہ ہی سمجھیں گے۔ جو نوٹیا گاؤں میں ملک دشمن سرگرمیاں چلا رہا تھا۔ باتوں میں کتنی سچائی ہے وہ جانتا تھا۔۔۔ ہر کوئی جانتا تھا۔ لیکن کون اس کے خلاف آواز اٹھا کر سچائی بیان کر سکتا تھا۔

اسے پنجاب میں دہشت گردی کا زمانہ یاد آیا۔ اسی طرح کی خبریں اس وقت بھی اخبارات کی زینت بنا کرتی تھی۔ پولیس نے ذاتی دشمنی سے کسی معصوم کو گولی ماردی بھی تو اس معصوم کو بہت بڑا دہشت گرد قرار دیا جاتا تھا۔ اور اخبارات میں ایک بے گناہ کے پولیس کے ہاتھوں موت کی خبر کے بجائے ایک دہشت گرد کے انکاؤنٹر کی خبریں آتی تھیں۔ دو پڑوسی اگر لڑتے تو اس میں ایک کو دہشت گرد قرار دے کر اسے اخباروں کی سرخیوں کی زینت بنا دیا جاتا تھا۔ گاؤں میں ایک معمولی واقعہ ہوتا تو اسے دہشت گردی کی عینک سے دیکھ کر اسے ملک کا سب سے بڑا واقعہ بنا دیا جاتا تھا۔

اسے لگا دہشت گردی کی ذہنیت ہر جگہ کام کر رہی ہے۔ جو کچھ پنجاب میں ہوا تھا۔

اب گجرات میں ہو رہا ہے۔ کھلاڑی رہی ہے۔۔۔ میدان بدل گئے ہیں۔۔۔ کھیل وہی ہے۔۔۔ کھیل کے ٹارگیٹ بدل گئے ہیں۔

سویرے مدھو کالج جاتے ہوئے اس سے مل کر گئی تھی۔ ایک دوبار اس کا فون آیا تھا۔ اس نہ کہہ دیا تھا کہ گاؤں میں ہے کوئی واقعہ ہوا ہے۔ سب اپنے اپنے کاموں میں لگے ہیں۔ ۱۰ بجے پولیس کی بہت بڑی گاؤں پہنچی۔ اور اس نے پورے مسلم محلے کو گھیر لیا اور ہر گھر کی تلاشی لینے لگی۔ اسے پتہ چلا کہ جاوید کے انسٹی ٹیوٹ کی بھی تلاشی کی جارہی ہے تو وہ وہاں پہنچ گیا۔

''آپ شوق سے پورے انسٹی ٹیوٹ کی تلاشی لیجیے انسپکٹر صاحب''۔ جاوید ایک انسپکٹر سے کہہ رہا تھا''یہ تعلیم کا گھر ہے یہاں بچوں کو تعلیم دی جاتی ہے۔ ماؤس پکڑنا سکھایا جاتا ہے، بندوق یا پستول پکڑنا نہیں۔''

''ہم سمجھتے ہیں مسٹر جاوید لیکن ہم مجبور ہیں۔ اخبارات نے اس واقعہ کو اتنا اچھالا ہے اور ایسی ایسی خبریں چھاپ دی ہیں کہ ہم پر اوپر سے دباؤ آیا ہے کہ ہم بتا نہیں سکتے۔ ہمیں یہ سب کرنا پڑے گا۔ انسپکٹر نے جواب دیا۔''

دو تین گھنٹے میں خانہ تلاشی ختم ہوگئی۔ پولیس کو گھروں سے چھری، چاقو، لکڑیاں لاٹھیاں جو کچھ ملا ضبط کر کے لے گئے۔ اور ساتھ میں ۱۰، ۱۲ لوگوں کو بھی گرفتار کر کے لے گئی۔

''جاوید بھائی یہ کیا ہو رہا ہے۔'' اس نے پوچھا۔

''وہی جو ساری دنیا میں ہو رہا ہے۔ دہشت گردی کے نام پر دہشت گردی۔ جھوٹے پرچار کے سہارے دہشت گردی پھیلائی جارہی ہے۔ اور معصوم لوگوں کو نشانہ بنایا جارہا ہے۔'' جاوید مایوسی بھرے لہجے میں بولا۔''انسانوں کے ضمیر مردہ ہو گئے ہیں۔ سچائی

،ایمانداری ،اخلاص یہ کسی کو فرقہ پرستی کے الاؤ میں جلا کر خاک کر دیا گیا ہے۔ اور اس الاؤ سے جو شعلے بھڑک رہے ہیں جو آگ دہک رہی ہے وہ ماحول میں فرقہ پرستی، نفرت ،حسد، بغض، کینہ کی گرمی پھیلا رہی ہے۔"

"جاوید بھائی جو الاؤ جلایا گیا ہے اگر اس کی آگ پر قابو نہیں پایا گیا تو یہ آگ نہ صرف ہمارے گاؤں کو بلکہ آس پاس کے سارے علاقے کو جلا کر خاک کر دیں گے۔"

" نہ ہم نے وہ الاؤ بھڑکایا ہے اور نہ ہم میں اسے بجھانے کی طاقت ہے۔ اسے بھڑکایا ہے قرفہ پرست قوموں نے ،قرفہ پرست سیاست دانوں نے اور وہ اس آگ میں معصوموں، بے گناہوں کو جھونک کر اپنے مفاد کی روٹیاں سیکیں گے۔" جاوید مایوسی سے بولا۔

جاوید کے پاس سے وہ ہو چلا آیا۔ اور دوکان پر بیٹھ کر مدھو کے فون کا انتظار کرنے لگا۔ مدھو آئے تو اس نے آنکھوں سے گھر چلنے کے لیے کہا۔ وہ اپنے کمرے میں آیا۔ مدھو اس سے گاؤں کی حالت پوچھنے لگی۔ اس نے ساری تفصیلات بتائی۔

" ہاں میں نے بھی اخبارات کی خبریں پڑھی ہیں۔ اور میں خود حیران ہوں کہ اس معاملے کو کس طرح رنگ دیا گیا ہے۔ وہ کمینہ مہندر اتنا ذلیل ہو گا میں نے سوچا بھی نہیں تھا۔ وہ اپنے انا کے لیے ہزاروں بے گناہوں کو اذیت دینا اپنی چاہتا ہے سمجھتا ہے۔" مدھو دانت پیس کر بولی۔

ایک دو باتیں کر کے وہ چلی گئی۔ یہ کہہ کر اگر گاؤں میں ایسی ویسی بات ہوئی تو اسے خبر کرے گی۔ اس کے جانے کے بعد جب وہ دوکان پر آیا تو رگھو نے اسے ٹوکا۔ "کیوں سیٹھ جی معاملہ پٹ گیا؟"

"کیسا معاملہ ؟"

"دل کا معاملہ۔۔۔ لگے رہو۔۔۔ پردیس میں دل بہلانے کے لیے کوئی ذریعہ بھی تو چاہیے آپ بھی آخر اپنے چاچا کے بھتیجے ہیں۔ آپ کے چاچا بھی آپ کی طرح رنگیلے تھے۔"

"رنگیلے؟" وہ رگھو کو گھورنے لگا۔

"ارے بھائی آدمی گھر بار، بیوی بچوں سے ہزاروں میل دور مہینوں تک رہتا ہے۔ تو زندہ رہنے کے لیے رنگیلا بن کر رہے گا یا سنیاسی بن کر۔۔۔ آ کے چاچا نے بھی کئی عورتوں سے دل کا معاملہ جما رکھا تھا۔"

"کئی عورتوں سے؟" وہ حیرت سے رگھو کو دیکھنے لگا۔

"ہاں ان کا معاملہ کئی عورتوں سے تھا۔ وہ ان عورتوں سے اپنی ضرورت پوری کرتا تھا۔ اور وہ عورتیں اس سے اپنی جسمانی ہوس۔"

یہ باتیں سن کر وہ سوچ میں پڑ گیا۔ آج اسے اپنے چاچا کا ایک نیا روپ معلوم پڑا تھا۔ لیکن اسے اپنے چاچا سے کوئی شکایت نہیں تھی۔ بیچارا سالوں تک چاچی سے دور رہتا تھا۔ دل بہلانے کے لیے اپنی ضرورت پوری کرنے کے لیے معاملوں میں الجھے گا نہیں تو اور کیا کرے گا۔ لیکن اس کا معاملہ تھوڑا مختلف تھا۔ اس کے اور مدھو کے تعلقات کو چاچا کا سا معاملہ نہیں کہا جا سکتا تھا۔ وہ مدھو کو اپنے دل کی گہرائی سے چاہتا تھا۔ مدھو بھی اسے اپنے دل کی گہرائی سے چاہتی تھی۔ اس کے ذہن میں جنسی تعلقات کے خیال بھی نہیں آیا تھا۔ ابھی تک تو اس نے مدھو کو چھوا بھی نہیں تھا۔ نہ مدھو کسی غلط نیت سے اس کے قریب آئی تھی۔ ایک دیوانگی تھی۔ دونوں کا دل چاہتا تھا۔ بس وہ ایک دوسرے سے باتیں کرتے رہے۔ ایک دوسرے کے پاس بیٹھے، ایک دوسرے کو دیکھتے رہے۔ وہ زندگی بھر کے لیے ایک دوسرے کے ہو جانا چاہتے تھے۔ لیکن دونوں کا معاملہ بڑا ٹیڑھا تھا۔ اسے پتہ تھا اگر

ان کے تعلقات کا علم مدھو کے گھر والوں کو ہوا تو آگ لگ جائے گی۔ اگر مہندر کو معلوم ہوا تو اس کے ٹکڑے ٹکڑے کرنے کے درپے ہو جائے گا۔

وہ مدھو کو چاہتا تھا۔ مدھو کو اپنی ملکیت سمجھتا تھا۔ اور اس کی ملکیت پر کوئی حق جتائے۔ اسے لگ رہا تھا۔ ایک دوسرے کو پانے کے لیے انھیں کئی ایسے قدم اٹھانے پڑیں گے جو ان کے لیے کانٹوں بھرا راستہ ثابت ہو سکتے ہیں۔ انگاروں سے بھری راہوں پر چلنا ہو گا۔ وہ تو ان سب باتوں کے لیے تیار تھا۔ لیکن کیا مدھو ان تکلیفوں کو سہہ پائے گی۔ اس نے اس سلسلے میں مدھو سے بات نہیں کی تھی۔ اس کا ایک دل کہتا اسے مدھو سے اس سلسلے میں صاف صاف بات کر لینی چاہیے۔ تو دوسرا دل کہتا اسے اس سلسلے میں مدھو سے بات کرنے کی کوئی ضرورت نہیں۔ سچے عاشق، پیار کرنے والے زمانہ کا سامنا کرتے ہوئے ہر قسم کا امتحان دینے تیار رہتے ہیں۔ اسے پوا ریقین تھا۔ مدھو اس کی طرح ہر امتحان میں پوری اترے گی۔

دوسرے دن جب مدھو کالج جانے لگی تو وہ بھی اس کے ساتھ بس میں بیٹھ کر شہر آیا۔ آج وہ مدھو سے دل کھول کر ساری باتیں کر لینا چاہتا تھا۔ اس کے ارادوں کو سمجھ کر اس کے جذبات، احساسات کی قدر کرتے ہوئے مدھو نے اس دن کالج جانے کا ارادہ ترک کر دیا۔

”کیا بات ہے۔ آج اس طرح میرے ساتھ شہر کیوں چلے آئے ؟“ مدھو نے پوچھا۔

”مدھو کئی ایسی باتیں ہیں جنھیں سوچ سوچ کر میں ساری رات نہیں سو سکا۔“

”ایسی کون سی باتیں تھے جنھوں نے ہمارے سیاں کی نیند حرام کر دی۔“ مدھو نے اسے چھیڑا۔

"مذاق مت اڑاؤ۔۔۔ میں سنجیدہ ہوں۔۔۔ سو فیصد سنجیدہ تم بھی سنجیدہ ہو جاؤ۔ یہ ہماری زندگی کا سوال ہے۔"

اسے سنجیدہ دیکھ کر مدھو بھی سنجیدہ ہو گئی۔ "تم مجھ سے پیار کرتی ہو؟" اس نے پوچھا۔

"یہ بھی کوئی پوچھنے والی بات ہے۔"

"میں بھی تم سے پیار کرتا ہوں تمہارے علاوہ میرے لیے دنیا کی کسی بھی غیر عورت کا تصور بھی حرام ہے۔"

"میں بھی تمہیں اور صرف تمہیں چاہتی ہوں۔ اب تو میں کسی غیر آدمی کے بارے میں سوچ بھی نہیں سکتی۔"

"زندگی بھر میری بن کر رہو گی؟"

"میں تو چاہتی ہوں کہ موت کے بعد بھی تمہارے ساتھ رہوں۔ ساتوں جنم تک تمہارے ساتھ رہوں۔"

"مجھ سے شادی کرو گی؟"

"یہ بھی کوئی پوچھنے والی بات۔"

"کیا تمہارے گھر برادری والے ہماری شادی کے لیے تیار ہو جائیں گے۔"

"یہ ذرا ٹیڑھا مسئلہ ہے۔" مدھو سنجیدہ ہو گئی۔ "میرے گھر والے اس شادی کے لیے کبھی تیار نہیں ہوں گے۔ اور برادری والوں کو اگر ہمارے تعلقات کا پتہ چلا تو وہ ایسی آگ لگائیں گے کہ اس میں ہمارا خاندان کا سب کچھ جل کر خاک ہو جائے گا۔"

"میرے گھر والوں کو ہماری شادی پر کوئی اعتراض نہیں ہو گا۔ وہ خوشی خوشی ہر اس لڑکی کو اپنی بہو قبول کریں میں جسے پسند کروں۔ اگر میں کہوں تو وہ تمہارے گھر بارات

بھی لے کر جاسکتے ہیں۔" وہ بولا۔

"جمی۔۔۔ یہی تو مسئلہ ہے۔ میرے گھر تمہاری بارات نہیں آ سکتی ہماری شادی منڈپ میں نہیں ہو سکتی۔"

"اگر منڈپ میں ہو سکتی تو کس طرح ہو گی۔"

"ہم دونوں بالغ ہیں۔ اپنی مرضی کے مختار ہیں۔ ہم اپنی پسند کے مطابق شادی کر سکتے ہیں۔ ہم کورٹ میں شادی کریں گے۔ گھر والے، برادری والے نہیں مانیں تو کہیں بھاگ جائیں گے۔ اور وہاں پر شادی کر کے اپنا نیا جیون شروع کریں گے۔"

"تم کس حد تک اپنی اس بات پر قائم رہو گی مدھو؟۔"

"جمی۔۔۔ میرا امتحان مت لو۔ اگر تم چاہو تو اس وقت اپنا گھر، وطن چھوڑ کر تمہارے ساتھ جہاں تم کہو چل سکتی ہوں۔" مدھو نے اعتماد سے کہا۔

مدھو کی بات سن کر وہ سوچ میں پڑ گیا۔ کافی دیر چپ رہا پھر بولا۔ "مدھو۔۔۔ تم اپنے گھر والوں کو ہماری شادی کے لیے راضی نہیں کر سکتی۔ میں نہیں چاہتا کہ کوئی تضاد بڑھے۔"

"جمی۔۔۔ میرے گھر والے ہماری شادی کے لیے مشکل سے راضی ہوں گے۔ اگر میری محبت میں میری خوشی کے لیے وہ راضی ہو بھی گئے تو ہماری برادری والے راضی نہیں ہوں گے۔ گاؤں والے راضی نہیں ہوں گے۔ اور وہ کمینہ۔۔۔ مہندر اگر انھیں ہمارے تعلقات کی بھنک بھی لگ گئی تو وہ ایسی آگ لگائے گا کہ میں بتا نہیں سکتی۔ ہماری شادی اس گاؤں میں، منڈپ میں ہونی مشکل ہے۔ اگر تم مجھ سے شادی کرنا چاہتے ہو تو مجھے اس گاؤں سے دور لے چلو۔ ہم کورٹ میں شادی کر لیں گے۔۔۔ کسی مندر میں شادی کر لیں گے۔۔۔ کسی گردوارے میں شادی کر لیں گے۔۔۔ یا مجھے تمہارے گاؤں

لے کر چلو۔۔۔ وہاں اپنے کسی دوست، اپنے کسی رشتہ دار کے گھر مجھے رکھ دینا اور وہاں اپنی بارات لے کر آ جانا۔" کہتے ہوئے مدھو کی آنکھوں میں آنسو آ گئے۔

اس نے اپنے ہاتھوں سے اس کے آنسو پونچھے۔ "مدھو تم جیسا چاہو گی میں ویسا ہی کروں گا۔ لیکن میں چاہتا ہوں کہ ہماری وجہ سے کوئی فتنہ، فساد نہ پیدا ہو جائے۔ ہمارے پیار کی وجہ سے تمہارے گھر والوں کو نیچے دیکھنا نہ پڑے۔ ان کی بدنامی کی بنیاد پر ہم اپنے پیار کا محل تعمیر کر سکتے۔ بس اسی لیے میں چاہتا ہوں کہ کوئی۔۔۔ کوئی ایسا راستہ نکل جائے جس سے بخوبی انجام کو پہنچ جائے۔" وہ خلاء میں گھورتا بولا۔

بہت بحث، سوچ، غور و خوض کے بعد بھی کوئی مناسب راستہ نکل نہیں سکا جو دونوں اور ہر کسی کے لیے قابل قبول ہو۔ اسے لگ رہا تھا جس وقت اس کے دل میں مدھو کے لیے محبت کو نپل پھوٹی بھی اس وقت اس کی زندگی میں انگاروں کی فصل کی بوبائی شروع ہو گئی تھی۔ اب وہ فصل تیار ہو رہی ہے۔ اب انھیں اس فصل کے انگارے ہی کاٹنے ہے۔ پھر وہ اپنے ذہن کو یکسو کرنے کے لیے گاؤں کے حالات پر باتیں کرنے لگے۔ مدھو اسے ایسی باتیں بتانے لگیں جو اسے معلوم نہیں تھیں۔ اس کا کہنا تھا جھوٹ کا اتنا زور دار پروپیگنڈا کیا گیا ہے کہ ہر کوئی مسلمانوں سے نفرت کرنے لگا ہے۔ مسلمانوں کو اپنا دشمن سمجھنے لگا ہے۔ اور اسے محسوس ہو رہا ہے مسلمان اس کی جان کے دشمن ہے وہ کبھی بھی اس کی جان لے سکتی ہے۔ اس لیے بہتری اس میں ہے کہ وہ اپنی جان کی دفاع کے لیے خود آگے بڑھ کر مسلمانوں کی جان لے لے۔ یا ان کے سروں پر جو مسلمانوں کے خطرے کی تلوار لٹک رہی ہے۔ اس سے نجات پانا ہے تو سارے مسلمانوں کو اس گاؤں بدر کر دیا جائے۔ مہندر بھائی جیسا نیتا ان کے دَل اور پارٹیاں ہی ان کی سچی رہنما ہے اور وہی ان کو اس مصیبت سے بچا سکتے ہیں۔ اس لیے ضرورت اس بات کی ہے کہ سب متحد ہو جائیں او

ران کا ساتھ دیں۔ ورنہ اس گاؤں میں بھی وہی کچھ ہو سکتا ہے جو آٹھ دس سال قبل ممبئ میں ہو چکا ہے۔۔۔ بم پھٹیں گے اور سارا گاؤں تباہ ہو جائے گا۔ مسلمانوں نے اس کو برباد کرنے کی تیاری کر لی ہے۔

یہ باتیں اور بھی ذہنی تناؤ میں مبتلا کرنے والی تھی۔ بہتر یہی تھا کہ ان باتوں کو چھوڑ کر اپنے بارے میں سوچا جائے۔ اپنے پیار کے بارے میں سوچا جائے گا۔ شام تک وہ ادھر اُدھر بھٹکتے رہے اور پھر گاؤں کی بس میں بیٹھ کر واپس گاؤں کی طرف چل دیے۔ پورے راستے دونوں خاموش رہے۔ بس میں دونوں کا کوئی شناسا نہیں تھا اس لیے دونوں ایک ہی سیٹ پر بیٹھے رہے۔ مدھو اس کی کاندھے پر سر رکھے پتہ نہیں کیا سوچتی رہی۔ بس اسٹاپ آیا تو وہ دونوں بس سے نیچے اترے۔ پہلے مدھو اتری نیچے اترتے ہی اس کی چہرے کا رنگ بدل گیا اور وہ ڈر کر پیچھے ہٹ گئی۔ سامنے مہندر کھڑا تھا۔ پھر شاید اسے اپنی غلطی کا احساس ہوا۔ اسے مہندر سے اس طرح ڈر کر اسے اپنے کمزور اور غلطی کا احساس نہیں کرانا چاہیے۔ اس لیے اس نے بے نیازی سے ایک نظر اس پر ڈالی اور آگے بڑھ گئی۔ اس کے پیچھے جمی اترا۔ مہندر پر نظر پڑتے ہی وہ بھی ٹھٹھک گیا۔ اس نے خواب میں بھی نہیں سوچا تھا کہ اپنے سامنے وہ مہندر کو پائے گا۔

”کیا بات ہے سردار جی۔۔۔ کہاں سے آرہے ہو“ مہندر اسے چبھتی ہوئی نظروں سے دیکھتا بولا۔ ”سویرے جاتے ہو، شام کو واپس آتے ہو۔ مدھو کے ساتھ جاتے ہو۔۔۔ مدھو کے ساتھ واپس آتے ہو۔“

مہندر کی یہ بات سن کر اس کا دل کانپ اٹھا۔ ”ایسی بات نہیں ہے۔“ وہ تھوک نگل کر بولا۔

”اگر ایسی بات نہیں ہے تو ٹھیک ہے۔ مجھے پتہ چلا کے تم مدھو میں کچھ زیادہ ہی

دلچسپی لے رہے ہو۔۔۔ اگر یہ سچ ہے تو یہ اچھی بات نہیں ہے۔ مدھو میری ہے۔ اور صرف میری رہے گی۔ اگر کوئی اس کی طرف آنکھ بھی اٹھائے تو میں اس کی آنکھ نکال دوں گا۔ اس کو کوئی چھونے کی کوشش کرے تو، تو اس کے ہاتھ کاٹ دوں گا۔ اور اس حد سے آگے بڑھنے کی کوش کرے تو اسے اپنی نفرت اور غصے کے الاؤ میں جلا کر خاک کر دوں گا۔۔۔ سمجھے۔ دھندہ کرنے آتے ہو۔ دھندہ کرو اور دو پیسے کماؤ۔ عشق کرنے کی کوشش کروگے تو دھندے سے بھی جاؤگے اور جان سے بھی۔"

"جی۔۔۔" پتہ نہیں کہاں سے بزدلی اس کی رگ رگ میں سما گئی تھی۔ وہ اس سے زیادہ کچھ کہہ نہ سکا۔ اتنا کہہ کر مہندر تیزی سے مڑا اور گاؤں کی طرف جانے والی سڑک پر آگے بڑھ گیا۔ وہ اپنی دوکان میں آکر سر پکڑ کر بیٹھ گیا۔ "تو مہندر کو پتہ چل گیا۔ یا مہندر نے دیکھ لیا جان لیا کہ اس کا اور مدھو کا کیا رشتہ ہے۔" اس کو مہندر کیا آنکھوں میں نفرت کے شعلے بھڑکتے نظر آئے۔ جو ایسا محسوس ہو رہا تھا ایک الاؤ کی شکل اختیار کر رہے ہیں۔ اور کچھ بد نما چہرے اسے اور مدھو کو پکڑ کر اس الاؤ میں دھکیل رہے ہیں۔ دونوں ان کی گرفت سے آزاد ہونے کے لیے کسمسا رہے ہیں۔ مگر انھیں اپنے پر جلتے الاؤ کی لپٹیں محسوس ہو رہی ہیں۔

☆

دوسرے دن وہ مدھو کا بے چینی سے انتظار کر رہا تھا۔ لیکن وہ کافی تاخیر سے آئی۔ وہ چاہتا تھا مدھو کچھ پہلے آئے تا کہ وہ اس سے پوچھ سکے کے کل کوئی گڑبڑ تو نہیں ہوئی۔ لیکن دور سے ہی مدھو نے اشارہ کر دیا کہ وہ گیلری میں کھڑا نہ رہے اندر چلا جائے۔ باقی باتیں وہ فون پر بتادے گی۔ مدھو کے اس اشارے سے اس نے اندازہ لگایا کچھ تو بھی گڑبڑ ہے یا گڑبڑ ہونی ہے اس لیے وہ فوراً اندر چلا گیا۔ لیکن اس کا دل نہ مانا۔ وہ کھڑکی کی دراز سے چھپ کر مدھو کو دیکھنے لگا۔ مدھو بس اسٹاپ آکر کھڑی ہوگئ۔ وہ بہت گھبرائی ہوئی تھی۔ بار بار چونک کر چاروں طرف دیکھنے لگتی۔ جیسے اسے کسی کا ڈر ہو۔ اس نے اندازہ لگایا شاید مدھو کی نگرانی کی جارہی ہے اسی لیے وہ اتنی گھبرائی ہوئی ہے۔ اتنے میں بس آگئ اور وہ بس میں جابیٹھی اور بس چلی گئ۔

جلدی سے تیار ہو کر وہ دوکان میں آیا۔ اسے مدھو کے فون کا انتظار تھا۔ اسے پورا یقین تھا مدھو اسے فون کرے گی اور ساری باتیں بتائے گی۔ اسے مدھو کے فون کا زیادہ دیر انتظار نہیں کرنا پڑا۔ شاید مدھو نے شہر پہنچتے ہی اسے فون لگایا تھا۔

”جی۔۔۔ بہت گڑبڑ ہوگئ ہے۔ وہ حرامی مہندر نے ایسی آگ لگائی ہے کہ میں بتا نہیں سکتی۔ اس نے نہ صرف میرے گھر والوں بلکہ محلے اور برادری کے چند بڑے لوگوں کے سامنے مجھ پر یہ الزام لگایا ہے کہ میرے تم سے ناجائز تعلقات ہیں۔“

یہ سن کر اس غصے سے اس کے کان کی رگیں پھول گئیں۔ ”میں نے سب کے

سامنے ان باتوں سے انکار کیا ہے۔ وہ ثبوت پیش نہیں کر سکا اس لیے سب کے سامنے اسے ذلت اٹھانی پڑی۔ اس لیے وہ تلملایا ہوا ہے اس نے چیلنج کیا ہے کہ وہ ہم دونوں کو رنگے ہاتھوں پکڑ کر گھسیٹتا ہوا لا کر سب کے سامنے کھڑا کر دیگا۔ برادری والوں نے کہا ہے کہ اس بات کا فیصلہ وہ اس وقت کریں گے۔ لیکن میرے ماں باپ بہت دکھی ہیں۔ وہ بار بار مجھ سے کہہ ہیں بیٹی تم ایسا کوئی کام مت کرو جس سے برادری میں ہماری پگڑی اچھلے۔ ''کہہ کر مدھو خاموش ہو گئی۔

''پھر کیا کیا جائے؟''کافی دیر کی خاموشی کے بعد اس نے پوچھا۔

''سوچتی ہوں دو چار دن ہم ایک دوسرے سے دور ہی رہیں تو بہتر ہے۔ فون پر باتیں کر لیا کریں گے۔''

''ٹھیک ہے''وہ بولا۔''اگر تم یہ مناسب سمجھتی ہو تو یہ بھی کر لیں گے۔''اس نے کہا دوسری طرف سے مدھو نے فون رکھ دیا۔

وہ رسیور رکھ کر سوچنے لگا۔ ایک دن معاملہ یہاں تک پہنچنا ہی تھا۔ اگر مہندر درمیان میں نہیں آتا تو شاید اس معاملے کو یہاں تک برسوں لگ جاتے۔ لیکن مہندر کی وجہ سے یہ معاملہ بگڑ گیا۔ اب کیا کیا جائے اس کی سمجھ میں نہیں آرہا تھا۔ وہ کوئی ایک فیصلہ نہیں کر پا رہا تھا۔ اس وقت حالت ایسے تھے نہ تو وہ مدھو کو چھوڑ کر سکتا تھ اور نہ اپنا سکتا تھا۔ مدھو اس کی روح کی گہرائیوں میں اس حد تک بس گئی تھی کہ وہ مدھو کے بغیر ایک لمحہ بھی نہیں رہ سکتا تھا۔ مدھو کی بھی یہ حالت ہے۔ دونوں کے سامنے ایک ہی راستہ۔ وہ گاؤں چھوڑ دیں۔ کہیں بہت دور چلے جائیں جہاں وہ آرام سے رہ سکے۔ ان کے درمیان کوئی دیوار نہ ہو۔ لیکن اس کا دل اس کے لیے تیار نہیں تھا۔

نئ جگہ جانے کے بعد روزگار کا سب سے بڑا مسئلہ اس کے سامنے ہو گا۔ وہ ایسی

حالت میں مشکلات سے اپنا پیٹ بھر سکتا ہے تو بھلا مدھو کا پیٹ کس طرح پاک سکتا ہے۔ اس قسم کا اہم فیصلہ جذبات میں نہیں کرنا چاہیے بہت سوچ سمجھ کر کرنا چاہیے۔ تاکہ آگے کوئی تکلیف نہ ہو۔ دیر تک وہ ان ہی خیالوں میں الجھا رہا۔ جب دل گھبرا گیا تو اس رگھو سے کہا۔ ”میں ابھی چوک سے آیا۔“ اور ٹہلتا ہوا جاوید کے سائبر کیفے کی طرف چل دیا۔

”آیئے سردار جی۔ کیا بات ہے؟ آپ اس وقت یہاں؟ کچھ بجھے بجھے سے دکھائی دے رہے ہیں؟ کی گل ہوئے؟“

”اور کی گل ہوگی۔۔۔ وہ لمبی سانس لے کر بولا ”وہی دل دا معاملہ“

”دل دا معاملہ۔۔۔ کی کے ساتھ؟“ اس نے پوچھا۔

”وہ۔۔۔ مدھو کے ساتھ۔“

”اوے۔۔۔ تو تم نے مدھو کے ساتھ دل دا معاملہ فٹ کیا! اتنی جلدی اور اب تک میں نو بتایا بھی نہیں۔“

”اور اب بتا رہا ہوں نا۔“

”معاملہ کی ہے؟“

”مہندر بھائی پٹیل۔“

اس نے ایک لفظ کہا جسے سن کر جاوید کے چہرے کے تاثرات بھی بدل گئے۔

”میں یہ کہوں گا جی۔۔۔ تم نے غلط جگہ دل لگایا ہے۔“ جاوید کے چہرے پر سنجیدگی کے تاثرات تھے ”تم نے نوٹیا کسی اور لڑکی سے دل لگایا ہوتا تو اس معاملے میں میں تمہاری پوری پوری مدد کرتا۔ لیکن مدھو کے معاملہ ایسا ہے۔ ایک اژدھے کے چنگل سے مدھو کو چھڑانا ہے۔ تجھے پتہ ہے۔۔۔ مہندر بھائی مدھو پر مرتا ہے۔ اور مدھو اسے گھاس نہیں

ڈالتی ہے۔ لیکن اس کے باوجود وہ مدھو کو اپنی ملکیت سمجھتا ہے۔ اور اس کے ملکیت کی طرف آنکھ اٹھانے کا مطلب ہوا۔۔۔۔۔'' جاوید رک گیا۔

وہ بہت دیر تک اس معاملے پر باتیں کرتے رہے۔ اس نے اپنی اور مدھو کے تعلقات کی ساری باتیں جاوید کو بتا دیں۔ سب سننے کے بعد جاوید ''اگر تم دونوں کو اس گاؤں میں نہیں رہنا ہے تو اس گاؤں سے بھاگ جاؤ۔ ساری دنیا سامنے ہے جو دو محبت کرنے والے دلوں کو پناہ دینے کے لیے تیار ہے۔ لیکن اگر تم دونوں کو اس گاؤں میں رہنا ہے تو پھر ایک دوسرے کو بھول جاؤ۔۔۔''

''ہمیں تو اس گاؤں میں رہنا ہے۔ اور ایک دوسرے کو بھول نہ بھی نہیں ہے۔''

''مصلحت کے تحت سمجھوتہ کر کے بھی تو انسان جی سکتا ہے۔ اس وقت جو حالات ہے اس کی بنیاد پر تم دونوں ایک سمجھوتہ کر لو۔ ہم دونوں ایک دوسرے کو بھولیں گے نہیں۔۔۔ ایک دوسرے کو پہلے کی طرح چاہتے رہیں گے لیکن ایک دوسرے سے دور رہیں گے۔۔۔ ایک دوسرے سے ملیں گے نہیں۔۔۔ ایک دوسرے کی طرف دیکھیں گے بھی نہیں۔''

''مجھے مہندر کا ڈر نہیں ہے۔ اپنے ہاتھوں سے ایک جھٹکے میں میں اس کی گردن توڑ سکتا ہوں۔ لیکن مجھے ڈر مدھو، اس کے خاندان، اس کی برادری کا ہے۔ میں مہندر سے نہیں ڈرتا۔''

''طاقت کی بنیاد پر کوئی بھی مہندر سے نہیں ڈرتا ہے۔ لیکن اس کے شیطانی منصوبوں سے خوف کھاتے ہیں۔ وہ جو سامنے لڑکا بیٹھا ہے نہ وہ بھی مہندر کی جان لے سکتا ہے۔ مار مار کر اسے ادھ مرا کر سکتا ہے۔ لیکن سیف الدین بھائی کا دیکھا اس نے کیا حال کیا۔''

بہت دیر تک وہ اس معاملے میں باتیں کرتے رہے۔ پھر وہ یہ کہہ کر اٹھ گیا۔ "دیکھتے ہیں حالات کا اونٹ کیا کروٹ لیتا ہے۔ اس وقت حالات کے مطابق سوچیں گے کیا کرنا ہے۔" مہندر کس لیے دوکان پر آیا تھا؟ اور اسے کیوں پوچھ رہا تھا؟ وہ دونوں ایک دوسرے کے رقیب تھے۔ مہندر اس سے اپنی راہ سے ہٹ جانے کے بارے میں کہنے آیا ہو گا۔ اچھا ہوا اس اور مہندر سے سامنا نہیں ہوا۔ ورنہ مہندر اگر اس سے کوئی الٹی سیدھی بات کرتا تو اسے خود پر قابو رکھنا مشکل ہو جاتا۔

دن بھر ان ہی خیالات میں گزر گیا۔ مدھو کالج سے آئی اور بنا اس کی طرف دیکھے گھر چلی گئی۔ گھر جا کر اس نے اسے فون کیا تو اس نے مدھو کو بتا دیا مہندر آیا تھا اس سے ملنے مگر وہ ملا نہیں۔

مدھو نے اسے مشورہ دیا کہ "جیتنا ممکن ہو سکے مہندر سے کترانے کی کوشش کرو۔ وہ کوئی شیر ببر نہیں ہے جو اسے کھا جائے گا۔ لیکن حالات اور مصلحت کا تقاضہ یہ ہے کہ نظر انداز کرے۔ جلد کوئی نہ کوئی راستہ نکل آئے گا۔"

رات میں مہندر پھر آ دھمکا۔ "اور سردار جی کیسے ہو؟ اخبارات پڑھتے ہو یا نہیں؟ دیکھا میری طاقت کا اندازہ؟ سیف الدین کو تباہ و برباد کر دیا۔ زندگی بھر وہ اب جیل کی سلاخوں سے باہر نکل نہیں پائے گا۔ اس پر اتنے الزامات لگا دیے گئے ہیں کہ وہ خود کو بیگناہ ثابت کرتے کرتے اس کی عمر ختم ہو جائے گی۔ وہ مجھ سے ٹکرا رہا تھا۔۔۔ مہندر بھائی سے۔ مہندر بھائی کی طاقت کا اسے اندازہ نہیں تھا۔ بی جے پی، وشو ہندو پریشد، آر ایس ایس، بجرنگ دل یہ سب مہندر کی طاقت ہے۔ ان سے ٹکر لینے سے مرکزی حکومت بھی گھبراتی ہے۔ تو بھلا ایک معمولی مسلمان کی اوقات کیا؟"

وہ رک کر اس کی آنکھوں میں دیکھنے لگا۔

سیف الدین کے تو بہت سارے حمایتی تھے گاؤں کے چار پانچ سو مسلمان اس کے ساتھ تھے۔ کئی کانگریسی مسلم لیڈر اس کے ساتھ تھے پھر بھی کیا وہ جیل جانے بچ سکا؟ نہیں بچ سکا۔ اور تم تو اس گاؤں میں اکیلے ہو؟ تمہاری مدد کرنے تو پنجاب سے بھی کوئی نہیں آنے والا؟ پھر کس بنیاد پر تم مہندر بھائی سے ٹکر لینے چلے ہو؟

"تم کہنا کیا چاہتے ہو۔۔۔؟" اسے جوش آ گیا۔

"ایک ہی بات۔۔۔ مدھو کا خیال اپنے دل سے نکال دو۔ مدھو صرف مہندر کی ہے اور کسی کی ہو نہیں سکتی۔ کوئی اس کے بارے میں سوچنے کی جرأت بھی نہیں کر سکتا۔۔۔ نوجوان ہو اکیلے ہو۔۔۔ جوانی میں کسی نہ کسی سہارے کی ضرورت پڑتی ہے۔ مجھے بھی اس بات کا احساس ہے۔ لیکن اس سہارے کو مدھو اور اس کی جوانی میں کیوں ڈھونڈھتے ہو؟ اگر تمہیں اور کوئی چاہیے تو گاؤں کی جس لڑکی کی طرف اشارہ کر دو گے اسے لا کر تمہارے قدموں میں ڈال دوں گا۔ مجھے پتہ ہے تمہارے چاچا نے اس گاؤں میں بہت مزہ کیا ہے۔ مزہ کرنے پر مجھے کوئی اعتراض نہیں ہے۔ تم سارے گاؤں کی لڑکیوں کے ساتھ ،عورتوں کے ساتھ مزے کرو۔ مجھے کوئی اعتراض نہیں ہو گا۔ لیکن مدھو کی طرف آنکھ اٹھا کر بھی مت دیکھنا کیونکہ مدھو صرف میری ہے۔ یہ میری وارننگ ہے اگر تم اور مدھو مجھے ساتھ ساتھ دکھائی دیئے تو مجھ سے بُرا کوئی نہیں ہو گا۔" کہتا وہ چلا گیا۔

اس رات وہ رات بھر نہیں سو سکا۔ اس کا دل چاہ رہا تھا وہ اپنے دونوں ہاتھوں سے مہندر کا گلا گھونٹ کر ہمیشہ کے لیے اس کا قصہ ہی ختم کر دے۔ لیکن اسے اس طرح مدھو نہیں ملنے لگے۔ اسے جیل ہو جائے گی۔ اور جب وہ جیل سے باہر آئے گا تو مدھو اس کا انتظار کرتے کرتے جب پرائی ہو جائے گی۔ کسی اور کی ہو جائے گی۔

اسے مدھو پر غصہ آ رہا تھا۔ وہ اس کی زندگی میں کیوں آئی وہ اپنی زندگی میں بہت

خوش تھا پیار کی کونپل اس کے دل میں نہیں پھوٹی تھی۔ لیکن اپنے پیار کی چنگاریوں سے مدھو نے اس کے وجود کو الاؤ میں تبدیل کر دیا۔ اور اب وہ اسی الاؤ کی آگ میں دہک رہا ہے۔ اس آگ کی تپش سے مدھو بھی اچھوتی نہیں ہے۔ اس کی زندگی بھی اس کی تپش میں جہنم بن رہی ہے۔ مدھو کی محبت پیار کا الاؤ ایک ایسا الاؤ جیسے وہ چاہ کر بھی بجھا نہیں سکتا۔ اور اب اس الاؤ کو روشن رکھنے کے لیے اسے اپنی جان کی بازی لگانی ہے۔

☆

دوسرے دن سویرے کسی کے دروازہ کھٹکھٹانے پر آنکھ کھلی۔ ”کون ہو سکتا ہے “آنکھیں ملتے ہوئے اس نے سوچا۔ مدھو نے اس سے کہا تھا کہ وہ کچھ دن اس سے نہیں ملے گی۔ اور وہ بھی اس سے دور دور رہے۔ اس لیے وہ جلد نہیں جاگا۔ اس نے طے کیا تھا کہ وہ سویرے دیر تک سوتا رہے گا۔ لیکن اتنی سویرے کون اسے جگانے آ گیا؟ دروازہ کھولا تو اس کا دل دھک سے رہ گیا۔ دروازے میں مدھو کھڑی تھی۔

”مدھو تم؟“ وہ حیرت سے اسے دیکھنے لگا۔

”ہاں میں“ کہتے ہوئے وہ اندر آئی اور پلنگ پر بیٹھ کر گہری گہری سانسیں لینے لگی۔

”لیکن تم نے تو کہا تھا آٹھ دس دن تم مجھ سے نہیں ملو گی۔ میں بھی تم سے دور دور رہوں۔“

”ہاں میں نے کہا تھا مگر اب میں نے اپنا ارادہ بدل دیا ہے۔ میں کسی سے نہیں ڈرتی۔ میں نے پیار کیا ہے۔ کوئی پاپ نہیں کیا میرا پیار سچا ہے تو مجھے دنیا سے ڈرنے کی ضرورت “مدھو بولی۔

”لیکن مہندر“

”میں اس سے بھی نہیں ڈرتی۔ اگر اس نے مجھ سے الجھنے کی کوشش کی تو میں اس کو کچا چبا جاؤں گی۔“ مدھو نے غصے سے بولی۔

مدھو کے تیور دیکھ کر وہ دنگ رہ گیا۔

”رات بھر میں نے اس بارے میں سوچا اور اس کے بعد فیصلہ کیا ہے مجھے، ہمیں کسی سے ڈرنا نہیں چاہیے۔ ہم سب کے سامنے یہ اعلان کریں گے کہ ہم دونوں ایک دوسرے کو پیار کرتے ہیں اور شادی کرنا چاہتے ہیں۔ دیکھتے ہیں دنیا کی کون سی طاقت ہمیں پیار کرنے سے روکتی ہے۔ اور کون ہماری شادی میں ٹانگ اڑانے کی کوشش کرتا ہے۔“

مدھو کے تیور دیکھ کر کر اسے بھی ایک نیا حوصلے ملا۔ مدھو ایک لڑکی ہو کر اتنا سب کچھ کر سکتی ہے۔ ساری دنیا سے ٹکرانے کو تیار ہے۔ کسی سے نہیں ڈرتی۔ سب کے سامنے اپنے پیار کا اعلان کرنے کو تیار ہے۔ تو وہ تو لڑکا ہے۔ اسے دنیا سے ڈرنے کی کیا ضرورت ہے۔ مدھو اگر اس کا ساتھ دے، اسے کے ساتھ رہے تو وہ ساری دنیا سے ٹکر لے سکتا۔

”ٹھیک ہے مدھو۔۔۔ اب ہمیں کسی سے نہیں ڈریں گے۔ ساری دنیا کے سامنے اپنی محبت کا اعلان کر دیں گے۔ دیکھیں زمانہ کیا کرتا۔“

”مجھے تم سے یہی امید تھی۔۔۔ جمی۔“ کہہ کر مدھو اس آ کر لپٹ گئی۔ اور اس کی چوڑی چھاتی میں سر رکھ کر پھوٹ پھوٹ کر رونے لگی۔ اس نے مدھو کو بھینچ گیا۔ اور اس پشت اور بالوں میں ہاتھ پھیرنے لگا۔

”ٹھیک ہے مدھو۔۔۔ اگر تم چاہتی ہو تو ایک دو دن میں ہی ہم شادی کر لیں گے۔ شادی کر کے اس گاؤں میں رہیں گے۔ اور دنیا کو بتائیں گے کہ پیار کرنے والے کتنے خوش و خرم رہتے ہیں۔ پیار کرنے والے کو دنیا سے ڈرنا نہیں چاہیے۔ پیار کرنے والے اگر اپنے ارادوں میں اٹل رہیں تو دنیا کی یہ دیوار ٹوٹ سکتی ہے۔ انھیں دنیا کی کوئی طاقت ایک دوسرے سے جدا نہیں کر سکتی۔ دنیا کی کوئی طاقت انھیں ملنے سے روک نہیں سکتی۔“

پتہ نہیں کتنی دیر تک وہ ایک دوسرے سے لپٹے، ایک دوسرے سے باتیں کرتے رہے۔ باہر بس کا ہارن سنائی دیا تو وہ چونکے۔ مدھو کی بس آ گئی تھی۔

"میں جاتی ہوں دوپہر میں پھر آؤں گی۔" کہتی مدھو، اس کے منہ کو چوم کر تیزی سے سیڑھیوں سے نیچے اتر کر بس میں جابیٹھی۔ بس والا شاید اس کا انتظار کر رہا تھا۔ اس کے بس میں بیٹھتے ہی بس چل دی۔ جاتے ہوئے مدھو اسے ہاتھ دکھایا۔ اس نے بھی ہتھ ہلا کر فلائنگ کس مدھو کی طرف اچھالا۔

دیر تک وہ جاتی بس کو دیکھتا رہا۔ جب تک وہ اس کی آنکھوں سے اوجھل نہیں ہو گئی۔ بس جب اس کی آنکھوں سے اوجھل ہو گئی تو وہ اندر آیا۔ اس کے انگ انگ میں مسرت، خوشی، انتشار کی لہریں دوڑ رہی تھی۔ اسے ساری دنیا فاختئ محسوس ہو رہی تھی۔ اسے ساری دنیا رنگین، سجی ہوئی محسوس ہو رہی تھی۔

ایک ایک لمحہ ایک صدی سا محسوس ہو رہا تھا۔ مسرت، نشے میں ڈوبا ہوا لمحہ جس میں وہ ڈوبتا جا رہا تھا۔ کہاں رات میں اس نے اپنے دل پر جبر کر کے فیصلہ کر لیا تھا۔ اب وہ مدھو کی طرف آنکھ اٹھا کر بھی نہیں دیکھے گا۔ ساری دنیا کو یہ بتانے کی کوشش کرے گا کہ جیسے وہ مدھو کو جانتا ہی نہیں۔ اس کی زندگی میں مدھو نام کی کوئی لڑکی نہیں ہے۔ وہ کسی مدھو نام کی لڑکی کو نہیں جانتا ہے۔

اپنے دل پر جبر کر کے اس نے یہ فیصلہ کر لیا تھا اور اپنے آپ کو اس کے لیے تیار بھی کر لیا تھا کہ وہ کس طرح حالات کا مقابلہ کرے گا۔ اپنے دل پر قابو رکھ کر مدھو کو کچھ دنوں کے لیے بھولنے کی کوشش کرے گا۔ اور اس کی پہلی کوشش کی طور پر وہ دیر تک گہری نیند بھی سویا تھا۔ لیکن اچانک صبح اس کے لیے ایک نئی نوید مسرت بھرا پیغام لے آئی۔ اب جب مدھو نے کہہ دیا ہے کہ وہ کسی سے نہیں ڈرتی وہ اس سے ملنا نہیں چھوڑے گی۔ تو پھر اسے ڈرنے کی کیا بات۔۔۔ وہ اس سے کہہ گئی ہے کہ دوپہر میں جلدی آئے گی۔۔۔ وہ اس کے آنے کا انتظار کرنے لگا۔ اس نے طے کیا کہ آج وہ دوپہر کا کھانے

اپنے گھر میں مدھو کے ساتھ کھائے گا اور مدھو کے لیے اپنے ہاتھوں سے کھانا بنائے گا۔ اس کے لیے ذرا جلدی دوکان سے آ جائے گا۔

وہ پھر تیار ہونے لگا۔ تیار ہو کر دوکان میں آیا اور دوکانداری میں لگ گیا۔ لیکن ذہن مدھو میں اٹکا رہا۔ مدھو آج جلدی آنے والی ہے۔ اور اس کے گھر آنے والی ہے۔ آج وہ ساتھ میں دو پہر کا کھانا کھائیں گے۔ اور وہ اپنے ہاتھوں سے مدھو کے لیے دو پہر کا کھانا بنائے گا۔ دس بجے تک وہ اپنی خیالوں میں الجھا رہا۔ اچانک اس کے خیالوں کا سلسلہ ٹوٹ گیا۔ سامنے مہندر بھائی کھڑا تھا۔

"سویرے مدھو تمہارے پاس آئی تھی؟" وہ اسے قہر آلود نظروں سے دیکھ رہا تھا۔

"آئی تھی اور آتی رہے گی۔" وہ اس کی آنکھوں میں دیکھتے بولا۔ "مدھو کو یہاں آنے سے کوئی نہیں روک سکتا۔ نہ مجھے دنیا کی کوئی طاقت مدھو کو ملنے سے روک سکتی ہے۔"

"میرے منا کرنے کے باوجود تم مدھو سے ملے۔"

"ملوں گا۔۔۔ کیا کر لوگے۔" وہ مہندر سے الجھنے کے لیے پوری طرح تیار ہو گیا۔ مہندر اسے قہر آلود نظروں سے دیکھتا رہا۔ پھر اس کے تیور دیکھ کر اس کی آنکھوں میں بے بسی کے تاثرات ابھرے۔

"مہندر سے دشمنی بہت مہنگی پڑے گی۔" کہتا وہ تیزی سے پلٹا اور تیز تیز قدموں سے آگے بڑھ گیا۔

"دیکھتا ہوں دشمنی کسے مہنگی پڑتی ہے۔" اس نے ہونٹ چبا کر کہا اور اس گاہک کی طرف متوجہ ہوا جو دونوں کو حیرت سے دیکھ رہا تھا۔

☆

کبھی کبھی صبح کی پہلی کرن اپنے ساتھ منحوس واقعات کی منادی لے کر آتی ہیں۔
اس دن وہ جلدی جاگا لیکن اسے ماحول کچھ بوجھل بوجھل سا لگ رہا تھا۔ اسے چاروں طرف وحشت سی چھاتی محسوس ہو رہی تھی۔ معمول کے مطابق مدھو آئی۔ اس سے کچھ دیر اس نے باتیں کیں۔ اور بس میں بیٹھ کر چلی گئی۔ لیکن اسے مدھو کے ملنے سے کوئی مسرت نہیں ہوئی۔ ایک عجیب سی اداسی میں اس نے خود کو لپٹا ہوا محسوس کیا۔ ذہن پر ایک بوجھ سا تھا۔ بوجھ تو دو دنوں سے اس کے ذہن پر تھا۔ اس نے دوٹوک مہندر سے کہہ دیا تھا وہ مدھو سے پیار کرتا ہے اور کرتا رہے گا۔ وہ اسے دھمکی دے کر گیا تھا اس سے پہلے مدھو مہندر کو دوٹوک کہہ چکی تھی۔

دو دنوں تک مہندر نے کچھ نہیں کیا تھا۔ دل میں ایک دہشت سی لگی تھی۔ ہر لمحہ ڈر لگا رہتا تھا کہ مہندر کوئی انتقا کاروائی کرے گا۔ لیکن مہندر کی طرف سے کوئی کاروائی نہیں ہوئی تھی۔ لیکن اس بات پر وہ خوش فہمی میں مبتلا نہیں ہو سکتے تھے کہ مہندر نے شکست تسلیم کر لی ہے۔ اب وہ ان کے راستے میں نہیں آئے گا۔

خدشہ تو دونوں کو لگا ہوا تھا کہ مہندر اتنی جلدی اپنی شکست تسلیم نہیں کرے گا۔ ان پر کوئی وار کرنے کے لیے اپنی ساری طاقت کو یکجا کر رہا ہو گا۔ نہ تو مہندر اس کے بعد اس کے پاس آیا تھا نہ اس نے مدھو کو دھمکانے کی کوشش کی تھی۔ اس کے خاموشی نے انھیں ایک عجیب سے الجھن میں مبتلا کر دیا تھا۔ یہ خاموشی کسی طوفان کا پیش خیمہ محسوس

ہو رہی تھی۔ ایسے میں صبح تو اُداس، وحشت ناک محسوس کر کے وہ ڈر گیا۔ اس کا دل بار بار کہنے لگا آج تو کوئی بہت ہی عجیب بات ہونے والی ہے۔ اس کے لیے کوئی عجیب وحشت ناک اور کوئی بات کیا ہو سکتی تھی۔ یہی کہ مہندر انتقامی کاروائی کے تحت ان پر حملہ کرے گا۔ یہ حملہ کس روپ میں ہو سکتا ہے انھیں اس بات کا اندازہ نہیں تھا اور نہ وہ اس سلسلے میں کوئی اندازہ لگا پا رہے تھے۔

وہ دوکان میں بیٹھا اس کے بارے میں سوچ رہا تھا کہ فون کی گھنٹی بجی۔ ”جمی ٹی وی پر نیوز دیکھی۔“ دوسری طرف جاوید تھا۔

”میرے گھر یا دوکان میں ٹی وی نہیں ہے۔“ اس نے جواب دیا۔

”اوہو“ جاوید کی تشویش آمیز آواز سنائی دی۔ ”دہشت بھری خبر ہے۔“

”کیسی بری خبر“ جاوید کی بات سن کر اس کا بھی دل دھڑک اٹھا۔

”کار سیوک ایودھیا سے واپس آ رہے ۷۰ کے قریب کار سیوکوں کو زندہ جلا دیا گیا ہے۔ جس ٹرین سابرمتی ایکسپریس سے وہ واپس آ رہے تھے۔ ان کے ڈبہ پر گودھرا کے قریب حملہ کر کے ان کے ڈبوں میں آگ لگا دی گئی۔ جس کی وجہ سے وہ ڈبہ میں ہی جل کر مر گئے۔“

”اوہو“ یہ سن کر اس کا بھی دل دھڑک اٹھا۔

”یہ واقعہ گجرات میں ہوا ہے۔ گجرات جہاں فرقہ پرستی عروج پر ہے۔ گودھرا یہاں سے قریب ہے۔ ٹرین احمد آباد آنے والی تھی۔ اب شام کو وہ لاشوں کو لے کر احمد آباد پہنچے گی۔ ٹی وی چینل کھلے الفاظ میں کہہ رہے ہیں کہ ٹرین پر حملہ کرنے والے اور ہمارے سیوکوں کو زندہ جلانے والے مسلمان تھے۔“

”یہ تو بہت بری بات ہے جاوید بھائی۔“

''اتنی بری کہ اس کا تصور بھی نہیں کیا جا سکتا۔ٹی وی چینل پر بار بار جلی ہوئی ٹرین کا ڈبہ دکھایا جارہاہے۔ جلی ہوئی لاشیں دکھائی جارہی ہیں۔ لیڈروں کے بھڑکانے والے بیانات آرہے ہیں۔اس کا اثر صرف گجرات بلکہ سارے ہندوستان پر پڑے گا۔ آج یا کل کیاہو گا خداہی خیر کرے'' جاوید نے کہا۔

''آپ کیا کریں گے ؟''

''کیا کروں کچھ سمجھ میں نہیں آرہاہے۔ میں بعد میں فون کرتا ہوں۔''کہہ کر جاوید نے فون رکھ دیا۔

تھوڑی دیر میں جنگل کی آگ کی طرح یہ خبر سارے گاؤں میں پھیل گئی تھی کہ گودھرامیں کارسیوکوں کو مسلمانوں نے زندہ جلا دیا۔ رام بھکتوں پر بزدلانہ حملہ کر کے انھیں زندہ جلا دیا گیا۔ مرنے والوں میں بچے بھی تھے اور عورتیں بھی۔ پر کوئی اس بات کی مذمت کررہاتھا۔تو یہ کچھ لوگ اس خبر کو سن کر غصے میں اول فول بک رہے تھے۔

''کارسیوکوں پر حملہ کرنے والے فرار ہیں''

''کارسیوکوں کا قاتلوں کو بخشا نہ جائے''

''خون کا بدلہ۔۔۔خون''

''کارسیوک امر ہے''

''بدلہ لیاجائے''

''گودھرا کا بدلہ لیاجائے''

''پورے گاؤں کو گودھرا بنادیاجائے''

''ان کے گھروں اور محلوں کو سابرمتی ایک پریس کی بوگیاں بنادی جائے''

''جۓ شری رام''

''جئے بجرنگ بلی''

''قبرستان پہنچادو''

''پاکستان پہنچادو''

''زندہ جلادو۔۔۔ چھوڑو نہیں۔۔۔''

''خون کا بدلہ۔۔۔ خون۔۔۔ آگ کا بدلہ۔۔۔ آگ''

ہر کسی کے منہ بس یہی باتیں تھیں۔ دل کو دہلا دینے والے۔۔۔ نفرت بھرے نعرے گاؤں کی فضا میں گونج رہے تھے۔ نوجوان لڑکے ہاتھوں میں ننگی تلواریں لیے ،ترشول لیے ،ماتھے پر بھگوا پٹیاں باندھے اشتعال انگیز نعرے لگاتے پھر رہے تھے۔

''تمہارے قاتلوں کو نہیں چھوڑیں گے''

''ایک بدلے میں دس کو ختم کریں گے''

''قبرستان بنادیں گے''

''جلاکر راکھ کر دیں گے''

دیکھتے ہی دیکھتے سارے گاؤں کا کاروبار بند ہو گیا۔ لوگ سڑکوں پر آٹھ آٹھ دس دس کے مجموعہ میں جمع ہو کر ایک دوسرے سے باتیں کر رہے تھے۔ سب کے چہرے غصے سے تنے ہوئے تھے۔ ان کی آنکھوں میں نفرت کی آگ بھڑک رہی تھی۔ جو لوگ شانت تھے۔ لیڈر قسم کے لوگ اپنی زہریلی اشتعال انگیز تقریروں سے ان کی خون کو بھی کھولا رہے تھے۔

لوگ ٹی وی سے چپکے تھے۔ ٹی وی پر پل پل نئے انداز کی خبریں دی جارہی تھیں۔ ہر بار ایک نئی خبر نئے انداز میں آکر اشتعال پھیلاتی۔ بار بار ٹرین کے جلے ہوئے ڈبوں کو کھایا جارہا تھا۔ جلی ہوئی لاشوں کو دکھایا جارہا تھا۔ اس واردات میں جو لوگ مارے گئے ان

کے رشتہ داروں سے انٹرویولیا جارہا تھاانٹرویودینے والے انٹرویومیں اشتعال انگیز باتیں کرتے۔۔۔ بدلہ لینے کی باتیں کرتیں۔۔۔ خون کا بدلہ خون کی باتیں۔۔۔ تباہ کرنے والوں کو تباہ کرنے کی باتیں۔۔۔ لیڈر ان باتوں کو قلابے آسمانوں سے جوڑتے۔ اسے دہشت گردی کا واقعہ کہا جاتا۔۔۔ تو کبھی فرقہ پرستی کے زہر کی دین۔۔۔ کبھی نفرت کی آگ کے الاؤ کا انجام۔۔۔ آر ایس ایس، بجرنگ دل، وشو ہندو پریشد، بی جے پی ساری تنظیمیں ایک ہو گئی تھیں۔ سب ایک آواز میں بات کر رہے تھے۔ یہ بس دیکھ کر اس کا کلیجہ منہ کو آرہا تھا۔ وہ بہت پہلے دوکان بند کر چکا تھا۔ اور دوکان بند کر کے گاؤں کی سیر کو نکلا تھا۔ گاؤں میں جو مناظر وہ اپنی آنکھوں سے دیکھ رہا تھا۔ اسے محسوس کر رہا تھا۔ دور سے ایک بگولہ تیزی سے گاؤں کی طرف بڑھ رہا ہے۔ اب اس بات کا انتظار ہے کب وہ گاؤں کو اپنی لپیٹ میں لے گا اور کس طرح گاؤں کو نیست و نابود کرے گا۔ گاؤں میں میٹنگیں جارہی تھیں۔ جلوس نکل رہے تھے۔ جلوس کے شر کا نفرت انگیز، اشتعال انگیز فرقہ پرستی کے زہر میں نعرے لگا رہے تھے۔ اپنے ہاتھوں میں پکڑی تلواریں اور ترشول کو چمکا رہے تھے۔

یہ جلوس میں مہندر پیش پیش تھا۔ وہ ننگی تلوار ہاتھوں میں لیے اسے لہراتا نفرت انگیز نعرے لگاتا لوگو کو بھڑکا رہا تھا۔ اس پر نظر پڑتے ہی وہ کچھ زیادہ ہی غضبناک ہو جاتا۔ اور اپنے ہاتھوں میں پکڑی ترشول، یا تلوار کو کچھ زیادہ ہی تیزی سے لہرانے لگتا۔ جیسے اس سے کہہ رہا ہو۔ وقت آنے پر تم اس تلوار، ترشول کا سب سے پہلا شکار ہوتے۔

اس سے یہ مناظر زیادہ دیر دیکھے نہیں گئے۔ وہ واپس گھر آیا۔ اور پلنگ پر لیٹ گیا۔ اور سونے کی کوشش کرنے لگا۔ لیکن دن میں بھلا نیند آسکتی تھی۔ جب سارے گاؤں کو ایک پر ہول سناٹے نے اپنی لپیٹ میں لے رکھا اور وہ رہ رہ کر نفرت انگیز، اشتعال انگیز

، فرقہ پرستی کے زہر میں بجھے نعرے اس سناٹے کے سینے کو چیر رہے ہو۔
ہر نعرے چیخ، شور کے ساتھ اس کے دل کی دھڑکنیں تیز ہو جاتی تھیں۔ نفرت کی آگ کا الاؤ جل چکا تھا۔ یہ آگ اب کس کو جلائے گی؟ کیا کیا غضب ڈھائے گی؟ بس ایک ہی سوال ذہن میں تھا۔

☆

رات بڑی بھیانک تھی۔ سارے گاؤں کو ایک پر ہول سناٹے نے اپنی لپیٹ میں لے رکھا تھا۔ لیکن ایسا محسوس ہو رہا تھا گاؤں کے ہر گھر سے ایک شور اٹھ رہا ہے۔ سارے گاؤں پر وحشت طاری تھی۔ ایسا محسوس ہو رہا تھا کہ ماحول میں بہت کچھ کھول رہا ہے۔ ایک لاوے کی طرح۔۔۔ ایک آتش فشاں کی طرح۔۔۔ پتہ نہیں کب یہ پھٹ پڑے اور پھٹ کر باہر آ جائے اور اپنے ساتھ، اپنے راستے میں آنے والی ہر شئے کو جلا کر راکھ کر دے۔ اس کی تپش ہر کوئی محسوس کر رہا تھا۔

اسے نیند نہیں آ رہی تھی۔ آج دن بھر ٹی وی پر جو مناظر دکھائے گئے تھے اسے لگا ذہنوں میں زہر انڈیلا جا رہا ہے۔ الاؤ کی لکڑیوں میں تیل ڈالا جا رہا ہے۔ اور اب الاؤ پوری طرح تیار ہے۔ بس اسے آگ بتانے کی دیر ہے۔ اور ایسی آگ بھڑکے گی شاید بھی بجھ سکے۔ اسے ایسا محسوس ہو رہا تھا۔ یہ گاؤں کیا۔۔۔ پورا گجرات۔۔۔ پورا بھارت۔۔۔ اس آگ سے نہیں بچ سکتا۔ وہ اپنے آپ کو بھی اس ماحول میں محفوظ ہے۔ وہ ایک غیر وابستہ شخص ہے۔ دونوں فرقوں سے اس کا کوئی تعلق نہیں ہے۔ اس لیے دونوں فرقوں کے لیے بے ضرر ہے۔ کوئی اس کی طرف آنکھ اٹھا کر بھی نہیں دیکھے گا۔ اس کا کوئی دشمن نہیں ہے۔ لیکن ایک دشمن ہے۔ مہندر بھائی پٹیل۔ اور یہ ایسا دشمن ہے جو کچھ بھی کر سکتا ہے۔ اسے ۱۰۰ آدمیوں سے جتنا خطرہ نہیں ہو سکتا تھا۔ مہندر سے اسے خطرہ محسوس ہو رہا تھا۔ وہ حالات کا فائدہ اٹھا کر اس سے اپنی دشمنی کا حساب چکا سکتا ہے۔ اس لیے اسے اپنی

حفاظت کا انتظام کرنا چاہیے۔ اگر مہندر اس پر حملہ کرے تو اسے پورا یقین تھا وہ پانچ مہندروں سے اکیلا مقابلہ کر سکتا ہے۔ لیکن اسے ڈر تھا۔۔۔ مہندر اکیلا اس پر حملہ نہیں کرے گا۔ وہ اپنے گرگوں کے ساتھ اس پر حملہ کرے گا۔ ایسی صورت میں خود کو بچانا اس کے لیے مشکل ہو جائے گا۔ مہندر جن جن تنظیموں سے وابستہ تھا وہ تمام تنظیمیں ایک پلیٹ فارم پر جمع ہو گئی تھی اور انھوں نے اس قتل عام کے خلاف ''بھارت بند'' کا نعرہ لگایا تھا۔ بی جے پی، آر ایس ایس، وشو ہندو پریشد، بجرنگ دل، شیو سینا سبھی اس بند میں شامل تھیں۔ اور یہ طے تھا بند کامیاب ہونے والا ہے۔

آج بھی دن بھر سارا کاروبار بند ہی رہا۔ کل تو مکمل طور پر بند رہے گا۔ اس بند کی سیاست سے کیا حاصل ہونے والا ہے۔ اس کی کچھ سمجھ میں نہیں آرہا تھا۔ اس نے اپنے بچپن میں پنجاب میں اس طرح کا بند کئی بار دیکھے تھے۔ جب بھی کوئی آدمی دہشت گردوں کے ہاتھوں مارا جاتا اس کے خلاف اسی طرح کا بند پکارے جاتے تھے۔ بند ناکام بھی ہوتے تھے اور کامیاب بھی۔ لیکن ان سے حاصل کچھ نہیں ہو پاتا تھا نہ مرنے والوں کو نہ مارنے والوں کو۔ اس لیے اسے بند کے نام سے نفرت تھی۔ بہت دنوں کے بعد وہ اسی طرح کا بند کل دیکھنے والا تھا۔ وہ جو ایک غیر وابستہ شخص تھا اس بند سے اتنا خوفزدہ تھا۔ جو لوگ اس واقعہ سے وابستہ تھے ان کا کیا حال ہو گا؟ اس خیال کے آتے ہی اس نے سوچا گاؤں کے حالات کا جائزہ لیا جائے۔ رات کے ساڑھے دس بجے رہے تھے۔ اکیلے اس طرح گاؤں میں نکلنے سے اسے پہلی بار خوف محسوس ہو رہا تھا۔ لیکن ہمت کر کے وہ نکل پڑا۔

گاؤں پر سناٹا چھایا ہوا تھا۔ لیکن جگہ جگہ دس دس بیس بیس کو ٹولیوں میں گول بیٹھے تھے۔ صلاح و مشورہ کر رہے تھے۔ ایک دوسرے سے سرگوشیاں کر رہے تھے۔ اسے

دیکھ کر وہ چونک پڑے۔ مشکوک نظروں سے اسے دیکھنے لگتے پھر جب انھیں محسوس ہوتا یہ ان کے لیے بے ضرر آدمی ہے تو پھر اپنے اپنے کاموں میں مشغول ہو جاتے۔ منصوبوں اور سر گوشیوں میں۔

وہ جاوید سے مل کر اس کی حالت جاننا چاہتا تھا۔ مسلم محلوں کی صورت حال دیکھنا چاہتا تھا۔ ۲۰،۱۵ ہزار کی آبادی میں مسلم آبادی مشکل سے ۵۰۰ کے لگ بھگ ہوتی تقریباً ۵۰،۶۰ گھر وہ بھی گاؤں ایک کونے میں۔ ظاہر سی بات ہے کہ وہ خوف و دہشت سے سمٹے ہوتے ہوگے۔ محلہ کے نکڑ پر لوگوں کا ایک ہجوم پہرہ دے رہا تھا۔ اسے آتا دیکھ سب چونک پڑے اور انھوں نے اسے گھیر لیا۔

"ارے جمی۔۔۔ تم اتنی رات گئے یہاں کیسے آئے؟" جاوید اسے دیکھ کر بھیڑ کو چیرتا ہوا اس کے پاس آیا۔

"آپ کی، اور آپ کے محلے کی صورت حال کا جائزہ لینے آیا ہوں۔۔۔ جاوید بھائی "اس نے کہا۔

"ابھی تو سب ٹھیک ہے۔ لیکن جو حالات ہے اس سے ایسا محسوس ہوتا ہے کل کچھ بھی ٹھیک نہیں ہو گا۔" جاوید مایوسی سے بولا۔

"کیا مطلب؟" وہ بولا "آپ کے کہنے کا مطلب کیا ہے؟"

"کل کیا ہو سکتا ہے کچھ اندازہ نہیں لگایا جا سکتا"

"اگر خطرہ ہے تو آپ لوگ اس گاؤں کو چھوڑ دیں"

"گاؤں چھوڑ کر کہا جائیں۔ چاروں طرف خطرہ منڈلا رہا ہے۔ میں نے آس پاس کے تمام شہروں کی رپورٹیں جمع کر لی ہے۔ ہر جگہ سے ایک ہی جواب ملتا ہے رہاں بھی وہی ماحول ہے۔ خطرہ ان پر بھی منڈلا رہا ہے تو بھلا وہ ہمیں پناہ کیا دیں گے۔ ہم لوگ سینکڑوں

سالوں سے اس گاؤں میں آباد ہیں۔ آج تک اس گاؤں کی یہ روایت رہی ہے کہ سارا ہندوستان سلگتا رہا لیکن یہاں کچھ نہیں ہوا۔ خدا کرے یہ روایت قائم رہے۔ ہم اپنی طور پر اپنی حفاظت کے لیے ہمارے پاس لکڑیاں بھی نہیں ہے۔ کچھ دن قبل تلاشی کے نام پر وہ بھی پولیس ضبط کر کے لے جاچکی ہے۔" جاوید بولا۔

اس نے تمام لوگوں کی طرف دیکھا۔ ہر چہرے پر خوف لہرا رہا تھا۔ آنکھوں میں بے بسی چھائی ہوئی تھی۔ خطروں کے خدشات سے چہرہ تنا ہوا تھا۔

"جاوید بھائی دن بھر ہم ایک ایک کے چہرے کو پڑھتے رہے۔ کل تک جو ہمارے یار تھے آج ان کی آنکھیں بھی بدلی بدلی ہیں۔ ہر کوئی مہندر کے رنگ میں رنگ گیا اور مہندر کی بولی بولنے لگا ہے۔ یہ آثار اچھے نہیں ہیں۔" ایک آدمی بولا۔

"گذشتہ دنوں اس گاؤں میں وہ س کچھ ہوا جو گذشتہ سو سالوں میں نہیں ہوا تھا۔ ایسا لگ رہا ہے جیسے یہ سب پہلے سے طے تھا۔ منظم طور پر اس بات کی پوری تیاری کی جا رہی تھی۔" دوسرا آدمی بولا۔

"تو ہم کیا کریں؟"

"ہم حملہ نہیں کر سکتے تو بچاؤ بھی نہیں کر سکتے۔ بچاؤ کے لیے ہمارے پاس لاٹھیاں بھی تو نہیں ہے۔"

"اللہ بہت بڑا ہے۔ وہ سب ٹھیک کر دے گا۔"

"ہمیں اللہ پر بھروسہ ہے۔ لیکن اس کے بندو پر نہیں۔"

وہ لوگ آپس میں باتیں کر رہے تھے اور وہ تماشائی بنا چپ چاپ ایک دوسرے کے چہروں کو دیکھ رہا تھا۔

"دیکھتے ہونی کو کوئی ٹال سکتا۔ اگر اوپر والے نے یہ ہمارے مقدر میں لکھ دیا ہے تو

یہ ہو کر رہے اگ دل بر داشتہ ہونے کی ضرورت نہیں ہے اس کا سامنا کرنے کے لیے خود کو تیار کرنا چاہیے۔ اور اپنے اندر اس طرح کے حالات کا مقابلہ کرنے کی ہمت جمع کرنی چاہیے ورنا وقت کے آئے گا ہم کچھ بھی نہیں کر پائیں گے۔ صرف جھوٹے خوف کی وجہ سے ہماری جانیں جائیں گی۔" جاوید ہر کسی کو دلاسہ دے رہا تھا۔

تھوڑی دیر رک ک وہ وہاں سے واپس دوکان کی طرف چل دیا۔ اس بار لوٹا تو چوک پر اسے کئی لوگوں نے گھیر لیا۔

"کیوں سردار جی کہاں سے آرہے ہو؟"

"مسلمانوں کے محلے سے آرہے ہونا؟"

"کیا چل رہا وہاں؟"

"سنا ہے وہاں پاکستان سے ہتھیار آگئے ہیں۔ پورے محلے کا بچہ بچہ مہلک ہتھیاروں سے لیس ہے۔ کل وہ اس گاؤں پر حملہ کر دیں گے اور اس گاؤں کا ایک آدمی کو بھی نہیں چھوڑیں گے۔" کسی نے کہاں۔

"ان کے پاس پاکستان سے ہتھیار کہاں سے آسکتے ہیں۔ ان کے پاس تو اپنی حفاظت کے لیے لاٹھیاں بھی نہیں ہے۔ ہتھیار تو آپ لوگوں کے پاس ہے۔ پاکستان کے ہتھیار کا شوشہ چھوڑ کر آپ لوگوں کو اپنی حفاظت کے لیے مسلح کر دیا گیا ہے۔ یہ تو وقت بتائے گا آپ ان ہتھیاروں سے اپنی حفاظت کریں گے یا حملہ کریں گے" وہ بولا۔

"سالا یہ بھی ان کا طرف دار لگتا ہے۔" کسی نے اس کی بات سن کر جل کر کہا۔

"دیکھیے وہاں ایسا کچھ نہیں ہے۔ وہ لوگ تو خود ڈرے سہمے ہوئے ہیں۔" اس نے کہا اور آگے بڑھ گیا۔

واپس آکر وہ بستر پر لیٹ گیا۔ لیکن نیند اس کی آنکھوں سے کوسوں دور تھی۔ ایسی

حالت میں بھلا کسے نیند آسکتی تھی۔ اسے محسوس ہو رہا تھا جیسے اس کے چاروں طرف ایک الاؤ دہک رہا ہے۔ گاؤں کے چاروں طرف ایک الاؤ دہکا ہوا ہے۔ جس کی آگ آگے بڑھ رہی ہے۔ گاؤں کو ہر کسی کو اپنی لپیٹ میں لینے کے لیے۔

☆

صبح کے ساتھ بند کا آغاز ہوا تھا۔ بند بڑی عجیب ڈھنگ کا تھا۔ اس نے پہلی بار اس طرح کا بند دیکھا تھا کاروبار تو سب بند تھا۔ لیکن گاؤں کا ہر فرد سڑک پر تھا۔ سڑکوں پر جگہ جگہ سینکڑوں کی تعداد میں میں لوگ مجمع کی شکل میں کھڑے تھے۔ یا بیٹھے تھے۔ اس دن کی اخبارات کی سرخیاں پڑھ کر سنائی جا رہی تھیں۔ نیتا قسم کے لوگ فرقہ پرستی کے زہر میں الجھی تقریریں کر رہے تھے۔ ٹیلی فون اور موبائل پر دوسرے شہروں سے خبریں موصول ہو رہی تھی۔ ٹی وی پر اس بند کی خبریں بتائی جا رہی تھی۔ بار بار جلتی ٹرین کے ڈبے، جلی ہوئی لاشیں، مرنے والوں کے رشتہ داروں کے اشتعال انگیز بینات، لیڈروں کے زہریلے، اشتعال انگیز تبصرے اور جگہ جگہ بند کے اثرات کا لائیو ٹیلی کاسٹ۔۔۔ ہاتھوں میں ننگی تلواریں۔ ترشول، ماتھے پر بھگوا کپڑا باندھے اشتعال انگیز نعرے لگاتے سڑکوں سے گزرنے والے جلوس کی تقریریں۔

اچانک جلوس کی نظر سڑک کے کنارے بنے ایک کیبن پر پڑتی ہے جس پر لکھا ہے فیروز الیکٹرک ورکس۔ جلوس اس پر ٹوٹ پڑتا ہے۔ کیبن الٹ دیا جاتا ہے کیبن کے چیزوں کو پیروں سے کچلا جاتا ہے۔ توڑا جاتا ہے۔ سڑک کے وسط میں آکر اسے آگ لگا دی جاتی ہے۔

ایک آٹو رکشا پر "ھذا من فضل ربی" لکھا ہے۔ اسے بیچ سڑک پر الٹ دیا جاتا ہے۔ اس پر پیٹرول چھڑک کر اس پر آگ لگا دی جاتی ہے۔

ایک گزرتی ہوئی جیپ کو روکا جاتا ہے۔ اس پر ۷۸۶ لکھا ہے۔ اس کے ڈرائیور کو جیپ کے نیچے اتارا جاتا ہے اور پورا مجمع اس پر ٹوٹ پڑتا ہے۔ وہ اپنے آپ کو بچانے کی کوشش کرتا ہے۔ کچھ لوگ جیپ کو الٹ دیتے ہیں۔ اور اس پر پیٹرول چھڑک کر اس میں آگ لگا دیتے ہیں۔ جیپ کے زخمی ڈرائیور کو اس جلتی ہوئی جیپ میں ڈال دیا جاتا ہے۔

سینکڑوں لوگوں کا ٹولہ بند دوکانوں کے نام دیکھ دیکھ کر انھیں توڑتے پھوڑتے ہیں۔ ان کا سامان لوٹتے ہیں اور سامان کو سڑک کے وسط میں لاکر آگ لگا دیتے ہیں۔ دوکانوں پر پیٹرول چھڑک کر ان پر آگ لگائی جارہی ہے۔

یہ تمام مناظر ٹی وی پر دکھائے جا رہے تھے۔ ایسا محسوس ہو رہا تھا جیسے ان کا کام مناظر کو دکھا کر ایک طرح سے اشارہ دیا جارہا ہے۔ اور لوگ اس اشارے کو سمجھ رہے تھے۔ اور پھر ہر جگہ اسی طرح کے واقعات دہرائے جانے لگے۔ چوک پر جمع لوگوں کی بھیڑ نے ایک اشتعال انگیز فلک شگاف نعرہ لگایا۔

"ہر ہر مہادیو"

"جےئ بجرنگ بلی"

"جی شری رام"

اور دوسرے ہی لمحہ پورا مجمع چوک کی دوکانوں پر ٹوٹ پڑا۔ کچھ لوگ چھوٹی چھوٹی دوکانوں پر ٹوٹ پڑے تو باقی بڑے مجمع نے سیف ہوٹل اور اقصیٰ کمپیوٹر انسٹی ٹیوٹ کو نشانہ بنایا۔ لوہے کی سلاخوں سے سیل سیف ہوٹل کے شٹروں کو توڑا گیا۔ اور ان ہی لوہے کی سلاخوں سے ہوٹل کا سامان توڑا پھوڑا جانے لا۔ لکڑیوں کے سامان کو سڑک کے درمیان لاکر آگ لگائی جانے لگی۔ ہوٹل میں تیل چھڑک کر اسے آگ لگادی گئی۔ کچھ

قیمتی سامان لٹیروں کے ہاتھ لگ گیا وہ اسے لوٹ کر اپنے اپنے گھروں کی طرف لے جانے لگے۔ وہ دوکان سے جیسے ہی چوک کی طرف آیا تھا اس نے سب سے پہلے یہ مناظر دیکھے تھے۔

سیف ہوٹل تو جل رہی تھی۔ اب اقصیٰ کمپیوٹرس کو توڑنے کی کوشش کی جارہی تھی۔ اس کے دل میں آیا کے وہ آگے بڑھ کر مجمع کو ایسا کرنے سے روکے لیکن ہزاروں افراد پر مشتمل مجمع کو وہ اکیلا کیسے روک سکتا تھا۔

لوہے کی سلاخوں سے شٹر توڑ دیئے گئے۔ تھے۔ اب ان سلاخوں سے اندر کے کانچ اور فرنیچر کو توڑا جارہا تھا۔ کمپیوٹر کے مانیٹر اور سی پی یو سروں پر اٹھا کر زمین پر پٹخا جارہا تھا۔ اور انھیں پیروں تلے روندا جارہا تھا۔ لوہے کی سلاخوں سے ان پر ضرب لگا کر ان کے ٹکڑے کیے جا رہے تھے۔ ایک۔۔۔ دو۔۔۔ تین۔۔۔ چار۔۔۔ دس۔۔۔ بیس۔۔۔ پچیس۔۔۔ سارے کمپیوٹرس تباہ کر دئے گئے تھے۔ سارا سامان نیست و نابود کیا جا چکا تھا۔ جاوید کے آفس کو تہس نہس کیا جارہا تھا۔ سامان جمع کر کے سڑک کے وسط میں لے جایا جا رہا تھا۔ اور ان پر پیٹرول تیل انڈیل کر اس میں آگ لگائی جارہی تھی۔ پھر پورے کمپیوٹر انسٹی ٹیوٹ کے سامان پر تیل چھڑک کر اس میں آگ لگا دی گئی۔

اقصیٰ انسٹی ٹیوٹ جل رہا تھا۔ وہ انسٹی ٹیوٹ جو علم کا گھر تھا۔ جہاں گاؤں کے بچے کمپیوٹر کا علم سیکھتے تھے۔ جو ساری دنیا میں بسے گاؤں کے لوگوں سے رابطہ کا ایک مرکز تھا۔ جہاں انٹرنیٹ کے ذریعے، ایمیل اور چیٹنگ کے ذریعے لوگ غیر ممالک میں آباد اپنے رشتہ داروں، عزیزوں سے پل بھر میں رابطہ قائم کر کے خیالات کا تبادلہ کرتے تھے۔ اسی رابطہ کے مرکز کو جلا کر خاک کر دیا گیا تھا۔ کوئی بھی روکنے والا نہیں تھا۔

دو تین دنوں تک پورا گاؤں پولیس کی چھاؤنی بنا ہوا تھا۔ لیکن اس وقت کوئی بھی

قانون کا رکھوالا سڑک پر دکھائی نہیں دے رہا تھا جو مجمع کو ایسا کرنے سے روکے۔ چوک کی مسلمانوں کی چھوٹی بڑی دوکانوں کو چن چن کر نشانہ بنایا گیا اور انھیں نیست ونابود کر کے جلا کر خاک کر کے مجمع اشتعال انگیز نعرے لگاتا آگے بڑھا۔ اس کا رخ مسلمانوں کے محلے کی طرف تھا۔ راستہ میں جو بھی مسلمان دکھائی دیتا مجمع نعرے لگاتا اس پر ٹوٹ پڑتا۔ اسے تلواروں اور ترشول سے چھید کر ایک لمحے میں ہی لاش میں تبدیل کر دیا جاتا تھا۔ راستہ میں جو اکا دکا مسلمان کے مکانات ملتے مجمع اس پر پڑتا۔ دروازے توڑ کر ان کے مکینوں کو باہر نکالا جاتا اور انھیں ترشولوں کی نوک پر لے لیا جاتا۔ عورتوں، لڑکیوں پر کئی وحشی ٹوٹ پڑتے۔ معصوم چھوٹے بچوں کو فٹبال کی طرح ہوا میں اچھالا جاتا۔ گھروں کو آگ لگا دی جاتی۔ اور پھر اس آگ میں ترشول سے چھلنی جسموں کو جھونک دیا جاتا۔ معصوم بچوں کو ترشول کی نوک پر روک کر انھیں آگ میں اچھالا دیا جاتا تھا۔ مجمع جیسے جیسے آگے بڑھ رہا تھا۔ اپنے پیچھے آگ، خون، لاشوں کو چھوڑتا آگے بڑھ رہا تھا۔

مسلمانوں کے محلے کے پاس پہنچ کر مجمع رک گیا۔ نکڑ پر سو کے قریب مسلمان ہاتھوں میں لاٹھیاں لیے کھڑے تھے۔ ان کے مد مقابل ۲ ہزار سے زائد کا مجمع تھا۔ اس کو دیکھ کر ہی سب کے ہاتھ پیر پھول گئے۔ لیکن سامنا تو کرنا تھا۔ دونوں طرف سے پتھراؤ شروع ہو گیا۔ سامنے سے چالیس پچاس پتھر آئے تو ادھر سے سو دو سو پتھر ان کی طرف بڑھے۔ پتھراؤ میں کئی لوگ زخمی ہو کر میدان چھوڑ گئے۔ باقی پر مجمع اس طرح ٹوٹا جیسے گدھ کسی لاش پر ٹوٹتے ہیں۔ دو بدو مقابلے کا نظارہ ہی نہیں تھا۔ ایک ایک آدمی کو بیس بیس، پچیس پچیس آدمیوں نے گھیر رکھا تھا۔ اور اس پر چاروں طرف سے لاٹھیاں، تلواروں اور ترشولوں سے حملہ ہو رہا تھا۔ تھوڑی دیر میں اس کی لاش زمین پر گری تو اس کے مردہ جسم میں ترشولوں اور تلواروں کو گاڑ کر فتح کا جشن منایا جاتا۔ تھوڑی دیر بعد کوئی

بھی مقابلہ کرنے والا انکڑ پر نہیں بچا تھا۔ تمام مقابلہ کرنے والوں کی یا تو لاشیں وہاں پڑی تھیں یا پھر زخمی ہو کر وہ جا بچا کر بھاگ گئے تھے۔

اب مجمع پورے محلے پر ٹوٹ پڑا تھا۔ ایک ایک گھر پر سو سو سے زائد افراد ٹوٹو پڑے۔ دروازے توڑے جاتے۔ مکان کے مکینوں کو مکان سے باہر کھینچ نکالا جاتا۔ ان کو ترشولوں سے چھلنی کر دیا جاتا۔ بچوں کو ترشولوں پر اچھالا جاتا۔ عورتوں اور لڑکیوں پر بھوکے بھیڑیے کی طرح ٹوٹ پڑتے۔

چاروں طرف شور، شیطانی نعروں کی گونج، عورتوں کی چیخ و پکار، بچوں کے رونے کی آواز، مرنے والوں کی آخری چیخیں گونج رہی تھی۔ جو دروازے نہیں ٹوٹ پاتے۔ ان مکانوں پر تیل چھڑک کر انھیں آگ لگا دی جاتی۔ جو ان عورتوں اور بچوں کو سرے عام ننگا کر کے ان سے زنا کیا جاتا۔ مجمع وحشی بنا۔ اس منظر سے لطف اندوز ہو کر شیطانی قہقہے لگاتا۔ حاملہ عورتوں کے پیٹوں کو چاک کر کے ان سے نوزائیدہ بچوں کو نکال کر آگ میں جھونک دیا جاتا۔

سب گھر کر رہ گئے تھے۔ ان سے بچنا محال تھا۔ گھروں میں آگ لگائی جا رہی تھی۔ جلتے گھروں میں لوگ زندہ جل رہے تھے۔ گھٹ کر مر رہے تھے۔ جو گول جان بچانے کے لیے جلتے گھروں سے باہر آنے کی کوشش کرتے انھیں ترشول کی نوک سے جلتے گھروں میں واپس دھکیلا جاتا۔ عجیب منظر تھا۔ ایسا منظر تو فلموں میں بھی آج تک دکھایا نہیں گیا تھا۔ ہلاکو اور چنگیز پر بنائی فلموں میں بھی اس طرح کے مناظر دکھانے کی جرأت دنیا کے کسی فلم ڈائریکٹر نے نہیں کی تھی۔

وہ مناظر اپنی آنکھوں سے پورا مجمع دیکھ رہا تھا۔ لیکن کسی کا دل نہیں پگھل رہا تھا، نہ کسی کے چہرے پر اپنے ان گھناؤنے کاموں کی وجہ سے مذمت کی پرچھائی لہرا رہی تھیں۔

وحشت کا ننگا ناچ ناچ کر وہ ایک روحانی مسرت حاصل کر رہے تھے۔ جیسا انھیں عبادت کر کے ایک ازلی سکون مل رہا ہو۔ ان کے چہروں پر وحشیانہ فاتح جذبہ رقص کر رہا تھا۔ آدھا مجمع گھروں کو جلانے اور لوگوں کو لاشوں میں تبدیل کرنے میں مصروف تھا تو باقی آدھے مجمع نے مسجد پر دھاوا بول دیا۔

مسجد کے پیش امام اور موذن کی لاشیں بس سے پہلے گریں اور ان کے خون سے مسجد کا فرش سیراب ہونے لگا۔ اس کے مسجد کو تباہ کیا جانے لگا مسجد کے نقش ونگار تو مسخ کیا جانے لگا۔ مسجد کی اینٹ سے اینٹ بجادی گئی۔ اور اس کے ممبر پر ہنومان جی کی مورتی رکھ دی گئی۔ کسی نے ایک گھنٹا لا کر ٹوٹی ہوئی مسجد میں باندھ دیا۔ زور ور سے گھنٹا بجایا جانے لا۔ اور ہنومان چالیسا پڑھا جانے لگا اور آرتی گائی جانے لگی۔ اور ہنومان کی پوجا کی جانے لگی۔

اس کے بعد ایک حصہ پیر بابا کی درگاہ کی طرف بڑھا۔ درگاہ ویران تھی۔ جو کوئی بھی درگاہ پر رہتا تھا وہ وہاں سے بھاگ گیا تھا۔ مجمع نے اپنے ہاتھوں میں پکڑے بیلچوں ،کدالوں سے درگاہ کو مسمار کرنا شروع کر دیا جس کسی مکان کو مسمار کیا جاتا ہے۔ دیکھتے ہی دیکھتے درگاہ مسمار کر دی گئی۔ درگاہ مسمار کر کے زمین بنادی گئی۔ جیسے وہاں کبھی درگاہ کا نام ونشان نہ رہا ہو۔

وہ اپنی آنکھوں سے یہ ہیبت ناک مناظر دیکھ رہا تھا۔ وہ مجمع کے ساتھ ساتھ تھا۔ لیکن ایک تماشائی کی طرح۔ کئی مناظر تو ایسے بھی آئے کے اس کی آنکھوں میں ان مناظر کو دیکھنے کی تاب نہ رہی۔ اس نے اپنی آنکھوں بند کرلیں یا پھر وہ وہاں سے واپس جانے لگا۔ لیکن مجمع میں شامل لوگوں نے اسے روک لیا۔

”سردار جی۔۔۔ اتنی جلدی گھبرا گئے۔ سکھ تو شیر ہوتے ہیں۔ اپنے ناموں کے

آگے شیر کا نام لگاتے ہیں۔ لیکن تم تو گیڈر ثابت ہوئے۔ ہم جو کر رہے ہیں تم اسے دیکھ نہیں پا رہے ہو۔۔۔"

"ارے ہم گھاس پتّہ کھانے والے جنھوں نے کبھی ماس اپنی آنکھوں سے نہیں دیکھا یہ سب دیکھ رہے ہیں۔ اور تم تو اپنی کرپان سے ایک جھٹکے سے بکرے کا سر الگ کرتے ہو۔ تم نہیں یہ سب دیکھ پا رہے ہو؟"

ان کے علاوہ کئی طرح کے رکیک طعنے۔ اور کوئی موقع ہوتا تو وہ غصے میں اپنی کرپان نکال کر ان پر ٹوٹ پڑتا۔ لیکن اس نے ضبط سے کام لیا۔ یہ موقع ایسا نہیں تھا کہ جذبات سے کام لیا جائے۔ اگر اس نے جذبات سے کام لیا تو اس کا انجام بھی وہی ہونے والا تھا جو اب تک سینکڑوں لوگوں کا ہو چکا تھا۔ لیکن کہاں تک بھاگتا۔ چاروں طرف وحشی پھیلے ہوئے تھے۔ اس طرح کی کئی شیطانی ٹولیاں شیطان کو خوش کرنے کے لیے شیطانی کاموں میں مصروف تھی۔ ہر ٹولی مار کاٹ کر رہی تھی۔ لاشیں گرا رہی تھی۔ گھروں کو جلا رہی تھی۔ لوٹ مار کر رہی تھی۔ آگ میں لاشیں گرا رہی تھی۔ گھروں کو جلا رہی تھی۔ لوٹ مار کر رہی تھی۔ آگ میں لوگوں کو زندہ جلا رہی تھی۔ عورتوں کی عصمت دری کر رہی تھیں۔ بوڑھیوں کو ننگا کر کے بے عزت کیا جا رہا تھا۔

سارا گاؤں وحشی ہو گیا تھا۔ وحشت کا ننگا ناچ ناچنے والوں میں اگر سارا گاؤں شامل نہیں تھا تو سارا گاؤں تماشائی تو بنا ہوا تھا۔ گاؤں کے کسی بھی فرد میں ہمت نہیں تھی کہ ان وحشیوں کو ایسا کرنے سے روکے۔ نہ کسی کے دل میں ایسا جذبہ پیدا ہو رہا تھا کہ یہ انسانیت سوز واقعات کے سلسلے کو ختم کرنے کے لیے اڑ جائے۔

سڑکوں پر جگہ جگہ مسخ شدہ، زخمی خوردہ لاشیں پڑی ہوئی تھیں۔ جلتے گھروں سے گوشت کے جلنے کی بدبو اٹھ رہی تھی جو اس بات کی ثبوت تھا کہ اس آگ میں انسانی جسم

جل رہے ہیں۔ جب وہ لاشوں کو غور سے دیکھتا تو اسے وہ چہرے شناسا سے لگتے۔

"ارے یہ لڑکا تو رکشا چلاتا تھا۔۔۔ یہ تو سڑک ڈرائیور ہے۔ اکثر گریس یا آئل لینے کے لیے میری دوکان پر آتا تھا۔۔۔ ارے یہ تو اس دوکان کا مالک ہے۔۔۔ ارے یہ لڑکا روزانہ میرے سامنے اسکول جاتا تھا۔۔۔ اس بوڑھے کو اکثر میں نے پیر بابا کے مزار پر بیٹھا ہوا دیکھا ہوں۔۔۔ یہ بوڑھی عورت تو گلیوں میں جامن اور دوسرے دوسرے پھل بیچی کرتی تھی۔۔۔ یہ عورت تو پاگل ہے پاگلوں کی طرح سارے گاؤں میں گھومتی رہتی تھی۔

جلے ہوئے گھر اور دوکانیں بھی اپنی کہانیاں کہتے تھے۔ اس دوکان پر تازہ دودھ ملتا تھا۔۔۔ یہ دوکان کرانے کی دوکان تھی۔۔۔ یہ اسٹیشنری کی دوکان تھی۔۔۔ یہاں یہ اسکول کی کتابیں اور کاپیاں ملتی تھی۔۔۔ اس چائے کی ہوٹل کی چائے بڑی مشہور تھی۔۔۔ لوگ اس ہوٹل کی چائے پینے دور دور سے آتے تھے۔

لاشوں اور جلے ہوئے گھروں اور دوکانوں کو دیکھتے ہوئے اس پر ایک بڑی ہی عجیب سی بے چینی اور وحشت چھائی ہوئی تھی۔ وہ صرف ایک فرد کے بارے میں جاننا چاہتا تھا۔ جاوید۔۔۔ جاوید کہاں ہے۔ وہ اس کے بارے میں جاننا چاہتا تھا۔ اس وحشیانہ تانڈو میں اسے جاوید کہیں دکھائی نہیں دیا تھا۔ کیا وہ کسی جلتے ہوئے گھر میں جل کر ختم ہو گیا یا پھر کسی طرح اپنی جان بچا کر اس گاؤں سے نکل بھاگنے میں کامیاب ہو گیا۔ لوگوں کی باتوں سے تو پتہ چل رہا تھا بہت کم لوگ اپنی جانیں بچا کر بھاگ پائے ہیں۔

ایک جیپ کا قصہ ہر کسی کی زبان پر تھا۔ ایک آدمی اپنی جیپ میں اپنے پورے خاندان کو لے کر گاؤں سے فرار ہونے میں کامیاب ہو گیا۔ لیکن دوسرے گاؤں ک سرحد پر دھر لیا گیا۔ اور وہاں پھر بھی وحشت کا ننگا ناچ ناچنے والے وحشیوں نے اس کے

سارے خاندان کو ختم کر کے جیپ میں آگ لگادی اسے زند جلا دیا۔

اگر جاوید کسی طرح گاؤں سے فرار ہونے میں کامیاب بھی ہوا تو وہ وحشیوں سے کہاں کہاں بچ سکے پائے گا۔ چاروں طرف تو وحشی پھیلے ہوئے تھے۔ لیکن اس کی یہ تمام امیدیں دھری کی دھری رہ گئی۔ اسے سڑک کے درمیان ایک لاش دکھائی دیں۔ جو منہ کے بل پڑی تھی۔ اسے اس لاش کے کپڑے کچھ شناسا سے محسوس ہوئے اس نے جیسے ہی اس لاش کو سیدھا کیا اس کے منہ سے ایک فلک شگاف چیخ نکل گئی۔ "جاوید بھائی" یہ جاوید کی لاش تھی۔ اس کا سارا جسم ترشولوں سے چھلنی تھا۔ اور پورے جسم پر تلوار کے گھاؤ تھے۔ چہرپر کرب کے تاثرات، جیسے مرنے سے پہلے اس نے کڑا مقابلہ کیا ہو اور کڑی اذیت سہی ہو۔ جس کے لیے وہ اپنی دوکان سے نکل کر ان وحشیوں کے ساتھ تماشائی بنا ان کی وحشت کا تماشہ دیکھ رہا تھا۔ اس آدمی کی لاش اس کے سامنے تھی۔ وہ لاش کے پاس بیٹھ کر پھوٹ پھوٹ کر رونے لگا۔ آتے جاتے لوگ اسے روتا دیکھ کر کھڑے ہو جاتے اور کبھی حیرت سے لاش کو تو کبھی اس کو دیکھنے لگتے۔

پتہ نہیں کتنی دیر تک وہ جاوید کی لاش کے پاس بیٹھا آنسو بہاتا رہا۔ پھر اٹھ کر بوجھل قدموں سے چپ چاپ اپنی دوکان کی طرف چل دیا۔

☆

مدھو اپنے سہ منزلہ مکان کے تیسرے منزل کی گیلری میں کھڑی گاؤں میں جاری آگ اور خون کے کھیل کو دیکھ رہی تھی۔ سارے گاؤں پر دھوئیں کے کالے بادل چھائے ہوئے تھے۔ جو لمحہ لمحہ گہرے ہوتے جارہے تھے۔ فلک شگاف وحشیانہ نعروں، درد تکلیف ، بے بسی میں ڈوبتی چیخوں، آہ و پکار سے ماحول میں ایک بے ہنگامہ شور پیدا ہو رہا تھا۔ کئی ٹولیاں ہاتھوں میں ننگی تلواریں، ترشول لیے وحشیانہ نعرے لگاتے گلیوں سے گزر رہے تھے اور مار کاٹ کر رہے تھے۔

اس مکان کے آپ پاس کئی مکانوں سے دھواں اٹھ رہا تھا۔ تو کئی مکانوں سے آگ کی لپٹیں اٹھ رہی تھیں۔ ماحول میں بسی انسانی گوشت کے جلنے کی بدبو اس بات کی گواہی دے رہی تھی کہ اس آگ میں پتہ نہیں کتنے انسانی جسم جل رہے ہیں۔ لوگ وحشیوں کی طرح نہتے اکلوتے انسانوں پر ٹوٹ پڑتے اور اُن کی اَن میں جیتے جاگتے انسان کو مردہ لاش میں تبدیل کر دیتے۔ اس نے اپنی آنکھوں سے ایسے خوفناک مناظر پہلے کبھی نہیں دیکھے تھے۔ اگر وہ کسی زخمی بھی دیکھ لیتی تو اس کے جسم میں بہتا خون دیکھ کر اسے چکر آنے لگتے تھے۔ لیکن وہی اپنی آنکھوں سے لاشوں کو سڑکوں پر گرتی دیکھ رہی تھی۔ انسانوں کو آگ میں زندہ جلتی دیکھ رہی تھیں۔ اپنی آنکھوں سے عورتوں کے عصمتیں تاراج ہوتی دیکھ رہی تھی۔

وحشی درندے بربریت کا ننگا ناچ رہے رہے تھے۔ ان کو روکنے والا کوئی نہیں تھا۔

ہر ٹولی کے ساتھ مہندر بھائی پٹیل تھا۔ ہر خون خرابے، آتش زنی میں وہ پیش پیش تھا۔ اس کے کالے کرتوت کو دیکھ کر اس کے دل میں مہندر کے لیے نفرت بڑھتی جا رہی تھی۔ اس کا دل جان رہا تھا وہ بھی اپنے ہاتھوں میں کوئی تلوار یا ترشول اٹھائے اور اس تلوار یا ترشول سے مہندر کا سر قلم کر دے۔ یا ترشول سے مہندر کے سارے جسم کو چھید کر اسے تڑپ تڑپ کر مرنے کے لیے زندہ چھوڑ دے۔

اس کے ماں باپ نیچے منزل پر تھے۔ اس کے پورے مکان میں وہی تین افراد تھے۔ وہ اور اس کے ماں باپ ایک بہن کی شادی ہو گئی تھی اور بھائی باہر رہتے تھا۔ یہ ہنگامہ شروع ہوا تو اس کے پتا جی نے اسے اوپر جانے کے لیے کہا اور خود نچلی منزل پر دروازہ بند کر کے کھڑکیوں سے اس خونی ہنگامے کو دیکھنے لگے۔

"کیوں۔۔۔ زندگی میں پہلی بار اس قسم کے نظارے دیکھ رہی ہو نا؟ دیکھا آگ اور خون کا کھیل کھیلنے میں کتنا مزہ آتا ہے۔" اچانک آواز سن کر وہ چونک پڑی۔

وہ اس طرح تیزی سے مڑی جیسے کسی بچھو نے اسے ڈنک لیا ہو۔ پلٹنے سے قبل اس نے جو اندازہ لگایا تھا وہ اندازہ مجسم اس کے سامنے تھا۔ اس کے سامنے مہندر بھائی پٹیل کھڑا تھا۔ "تم؟" وہ اسے نفرت سے دیکھتی بولی۔

"ہاں۔۔۔ میں۔۔۔ دیکھا میرا کھیل۔۔۔ ان ملچھ مسلمانوں سے چن چن کر بدلے لے رہا ہوں۔" مہندر شیطانی ہنسی ہنستا ہوا بولا۔

"شیطان کے پاس طاقت بہت ہوتی ہے لیکن جب اس کا وقت آتا ہے تو ایک معمولی بچہ بھی اسے اس کے انجام کو پہنچا دیتا ہے۔"

"میری طاقت امر ہے۔ کتنی تنظیمیں ہیں میرے ساتھ۔ میری طاقت کی کوئی انتہا نہیں۔ بی جے پی، آر ایس ایس، بجرنگ دل، وشو ہندو پریشد سب میرے غلام ہیں۔

میرے اشاروں پر ناچتے ہیں۔ میرے ایک اشارے پر اپنا تن من دھن قربان کرنے کو تیار ہو جاتے ہیں۔"

"تم یہ بتاؤ یہاں کیوں آئے" وہ نفرت سے بولی۔

"تمہیں یہ سمجھانے کے تم اس سردار جی کا خیال اپنے دل سے نکال کر میری ہو جاؤ۔ ورنا میں تو تمہیں پا کر رہوں گا تمہارے اس سردار جی کا وہ حشر کروں گا کہ اسے سن کر دنیا کانپ اٹھے گی۔" مہندر بولا۔

"مرنے کے بعد بھی میں تمہارے بارے میں سوچ نہیں سکتی تو جیتے جی تمہارے بارے میں کیا سوچوں گی۔ اور جیتے جی تو چھوڑو مرنے کے بعد بھی میرے دل سے جمی کا خیال نکال نہیں سکتا۔ یہ جسم، روح میرا سب کچھ جمی کا ہے۔ میرے جسم، روح ہر چیز پر جمی کا حق ہے۔ تمہارے جیسے کُتے اسے چھو بھی نہیں سکتے۔"

"ضد نہ کرو مان جاؤ۔۔۔ مجھے غصہ مت دلاؤ۔۔۔ ورنا۔۔۔ جمی کو تمہاری زندگی سے س طرح نکالا جائے مجھے خوب اچھی طرح آتا ہے۔ جس جمی پر تمہیں اتنا ناز ہے، فخر ہے۔۔۔ وہ جمی تمہاری زندگی سے اس طرح نکل جائے گا کہ تمہاری صورت پر تھوکنا بھی پسند نہیں کرے گا۔"

"جیتے جی تو یہ ممکن نہیں ہے۔۔۔ مہندر۔۔۔ جیتے جی تو ہم ایک دوسرے سے جدا نہیں ہو سکتے شاید موت ہمیں ایک دوسرے سے جدا کر دے۔ تم ہم دونوں کو جدا ہی کرنا چاہتے ہونا۔۔۔ تو آؤ۔۔۔ میرا گلا گھونٹ دو۔۔۔ اپنے ترشول، تلوار میری جان لے لو۔ تمہاری تمنا پوری ہو جائے گی۔ میں اور جمی جدا ہو جائیں گے۔" وہ بولی۔

"میں تم دونوں کو اس طرح جدا نہیں کروں گا۔" مہندر زہریلی ہنسی ہنستا ہوا بولا۔

"تم دونوں کو کچھ اس طرح جدا کروں گا کہ تم دونوں زندہ تو رہو گے لیکن ایک دوسرے

کو اپنی صورت دکھانے کے قابل نہیں رہو گے۔ تاحیات ایک دوسرے کی صورت دیکھنا بھی پسند نہیں کرو گے۔ آج جو ایک ساتھ جینے مرنے کی قسمیں کھا رہے ہو۔۔۔ خواب دیکھ رہے ہو۔۔۔ اس کے بعد ایک دوسرے کی پرچھائی سے بھی نفرت کرنے لگو گے۔"

"پانی میں لکڑی مارنے سے پانی جدا نہیں ہوتا ہے۔۔۔ مہندر۔۔۔ سکو تو ہمیں جدا کرنے کے لیے تمہارے پاس جو بھ ترکیب ہے آزمالو۔ جو ستم ہم پر کرنا ہے کرلو۔ پھر بھی ہم ایک دوسرے کے ہی رہیں گے۔ کبھی ایک دوسرے سے جدا نہیں ہوں گے۔"

اس کی بات سن کر مہندر کے چہرے پر غصے کے تاثرات ابھر آئے۔ "مجھے پتے تھا تمہارا یہی جواب ہو گا۔ تم اس سردار جی کے پیچھے ایسی دیوانی ہوئی ہو کہ تمہیں اس کے علاوہ کچھ نہیں سوجھتا۔ اس لیے میں پورے انتظام سے آیا ہوں۔ تمہارے ماں باپ کو میں نے نیچے کے کمرے میں بند کر دیا ہوں۔ اب کوئی بھی اوپر نہیں آسکتا۔ اگر تم چیخو چلاؤ بھی تو تمہاری مدد کو کوئی نہیں آنے والا۔ کیوں کہ چاروں طرف چیخیں ہی چیخیں بکھری ہوئی ہیں۔ اب میں تمہارے ساتھ سہاگ رات مناؤں گا۔ تمہارے جسم سے کھیلوں گا۔ تمہارے جسم کے ایک ایک حصے سے لذت حاصل کروں گا۔ اور تمہیں کہیں منہ دکھانے کے لائق نہیں رکھوں گا۔ اور اس کے بعد پھر میں اپنی زندگی کے اسی سب سے زیادہ لذت ناک تجربہ کا ایک ایک لفظ جا کر تمہارے عاشق جمی کو سناؤں گا۔ تم ہی سوچو۔ میرے اس لذت ناک تجربے کی روداد سن کر تمہارے عاشق کے دل پر کیا بیتے گی۔ تمہارے جسم کے جس حصے کو چھونے کی کوشش کرے گا۔ وہاں اسے میرا چہرہ دکھائی دیگا۔ وہ حصہ اسے میری لذت کی داستان کی کہانی سنائے گا۔ آہا۔۔۔ آہا۔۔۔"

"نہیں" مہندر کی بات سن کر وہ کانپ اٹھی۔ تم ایسا نہیں کرسکتے۔۔۔ تم ایسا نہیں کر سکتے۔

”میں ایسا ہی کرنے آیا ہوں ایسا کرنے کے بعد تم جمی کے قابل نہیں رہو گی۔ جمی تمہاری صورت دیکھنا بھی پسند نہیں کرے گا۔ اس کے بعد تم میرے پیرو پر گر کر خود کو اپنانے کی بھیک مانگوں گی۔ اور میں تمہیں اپناؤ۔ں گا۔ لیکن تمہیں اپنی بیاہتا بنا کر نہیں رکھوں گا۔ رکھیل بنا کر رکھوں گا اور زندگی بھر تمہارے جسم سے کھیلتا رہوں گا۔“ کہہ کر وہ اس پر ٹوٹ پڑا۔

”نہیں“ وہ چیخی۔ لیکن اس کی چیخ کو سننے والا کوئی نہیں تھا۔ ”بچاؤ۔۔۔ بچاؤ۔۔۔“ اس نے مدد کے لیے لوگوں کو پکارا۔ لیکن جب چاروں طرف لوگ خود عصمتیں لوٹنے میں مصروف تھے کو بھلا اس کی عصمت بچانے اس کی مدد کو کون آتا۔

اس کے اور مہندر کے درمیان چھینا جھپٹی جا رہی تھی۔ ہر چھینا جھپٹی کے ساتھ اس کے جسم سے ایک کپڑا اترتا تھا، یا تار تار ہوتا تھا۔ وہ کسی وحشی درندے کی چنگل میں پھنسی ہرنی کی طرح ادھر اُدھر دوڑ رتی پھر رہی تھی۔ اس کے جسم سے کپڑے کم سے کم ہوتے جا رہے تھے۔ اس کا جوان مدھ ماتا شریر مہندر کے جسم میں ہوس کی آگ بھڑکا کر اور اسے دیوانہ کر رہا تھا۔

آخر وہ بے بس ہو کر ٹوٹ گئی۔ مہندر کسی بھوکے بھیڑیے کی طرح اس پر ٹوٹ پڑا اور اس کے جسم کو نوچنے لگا۔ وہ اس کے جسم کے ایک ایک انگ کو نوچ رہا تھا۔

☆

دن بھر رات بھر وحشت کا ننگا ناچ جاری رہا۔ جو ہولناک واقعات وہ اپنی آنکھوں سے دیکھ رہا تھا۔ اس سے بھی زیادہ وحشت ناک واقعات ہوتے تھے جن کو سن کر کلیجہ کانپ اٹھتا تھا۔ رات سناٹے کو چیر کر بے بسوں کی درد بھری چیخیں فضا کے سینے میں دفن ہوتی رہیں۔ دھوئیں کے بادل سارے گاؤں کو اپنی لپیٹ میں لیے رہے۔ جگہ جگہ سے آگ کی لپٹیں اٹھتی دکھائی دے رہی۔ رات بھر وہ سو نہیں سکا۔

گیلری میں کھڑا اندھیرے میں آنکھیں پھاڑ پھاڑ کر گاؤں کو دیکھتا رہا۔ کبھی دل گھبراجاتا تو آکر بستر پر لیٹ جاتا۔ لیکن پھر بھی نیند آنکھوں سے کوسوں دور تھی۔ اس نے زندگی میں ایسا منظر پہلی بار دیکھا تھا۔ اس نے اپنے بزرگوں سے ایسے مناظر کی کہانیاں سنی تھیں۔ لیکن یہ مناظر تو ان سے بھی زیادہ ہولناک تھے۔ انسانوں کی جان لینے کے لیے ایسے ایسے وحشیانہ طریقوں کا استعمال کیا گیا تھا۔ جن کے بارے میں سوچا بھی نہیں جاسکتا تھا۔

پو پھٹنے کے بعد بھی دھماکے، چیخیں گونجتی رہی۔ وہ بستر پر لیٹا تھا۔ اچانک دروازے پر دستک ہوئی۔ دستک سن کر اس کا دل دہل اٹھا۔ ایسے ماحول میں ایسے ماحول میں کون اس سے ملنے کے لیے آسکتا ہے؟ کانپتے دل سے اس نے دروازہ کھولا تو دروازے میں مدھو کو کھڑی دیکھ کر اس کا دل دھک سے رہ گیا۔

”مدھو تم؟ اس وقت یہاں؟“

مدھو نے کوئی جواب نہیں دیا۔ وہ اندر آئی اور اپنے دونوں ہاتھوں سے اپنا منہ چھپا کر پھوٹ پھوٹ کر رونے لگی۔

"مدھو کیا بات ہے کیا ہوا؟" وہ مدھو کو روتا دیکھ کر گھبرا گیا۔ اور اس سے پوچھنے لگا۔

مدھو نے اس بار بھی اس کی کسی بات کا جواب نہیں دیا۔ اور اپنا چہرہ اپنے ہاتھوں سے چھپاتے دہاڑے مار مار کر روتی رہی۔ "مدھو کیا بات ہے تم بتاتی کیوں نہیں؟" مدھو کا رونا دیکھ کر اس کے دل کی دھڑکنیں بڑھتی جا رہی تھیں۔ اور آنکھوں کے سامنے اندھیرا چھاتا جا رہا تھا۔ "تم اس وقت ایسے حالات میں یہاں آئی ہو؟ تمہیں ایسے حالات میں تو اپنے گھر سے بھی باہر نہیں نکلنا چاہیے تھا۔ سارا گاؤں وحشیوں سے بھرا پڑا ہے۔ سارا گاؤں وحشی درندہ بن گیا ہے۔ کسی کو کسی کا ہوش نہیں ہے۔"

"جمی۔۔۔ میں لٹ گئی۔۔۔ میں برباد ہو گئی۔ میں کسی کو منہ دکھانے کے قابل نہیں رہی۔ ایک درندے نے مجھے کسی قابل نہیں چھوڑا۔" وہ زور زور سے دہاڑے مار مار کر رونے لگی۔

اس کے دل کی دھڑکنیں تیز ہو گئیں۔ اور آنکھوں کے سامنے کا اندھیرا کچھ زیادہ ہی گہرا ہو گیا۔ اس کی کچھ سمجھ میں نہیں آیا مدھو کیا کہہ رہی ہے۔ یا کیا کہنا چاہتی ہے۔

"مدھو تم کیا کہہ رہی ہو۔ میری کچھ سمجھ میں نہیں آ رہا ہے۔"

"جمی۔۔۔ مجھے مہندر نے برباد کر دیا۔ اس نے میرے ساتھ ریپ کیا ہے۔ میری عصمت دری کی ہے۔ یہ کہہ کر کہ اب میں تمہارے قابل نہیں رہوں گی۔ اس کے بعد تم میری طرف آنکھ اٹھا کر بھی نہیں دیکھو گے۔" مدھو روتی ہوئی بولی۔

اسے ایسا محسوس ہوا جیسے کسی بارود خانے کی ساری بارود اس کے دماغ میں پھٹ پڑی ہے۔ ساری گاؤں میں لگی آگ اس کے وجود میں آ کر سما گئی ہے۔ اس کے ذہن میں

مسلسل دھماکے ہو رہے تھے۔ اور وجود جل رہا تھا۔ آنکھیں دہک رہی تھیں۔ اور ان دہکتی آنکھوں سے وہ اس منظر کو دیکھ رہا تھا جسے مدھو نے بیان کیا تھا۔

''جمی۔۔۔ مہندر بہت کمینہ ہے۔ سارے گاؤں میں اس نے آگ لگائی۔۔۔ ہر ذلیل گھناؤنا کام کیا۔۔۔ اور آخر میں مجھے بھی نہیں چھوڑا۔ میرے ماں باپ کو اس نے ایک کمرے میں بد کر دیا اور اوپر چلا آیا۔ میں بہت چیخی چلائی۔ میں نے مدد کے لیے سارے گاؤں کا بلایا۔۔۔ لیکن جب سارا گاؤں چیخوں میں ڈوبا ہو۔۔۔ ہر کوئی مدد کو بلا رہا ہو تو پھر کون میری مدد کو آئے گا؟ میرے ماں باپ بے بسی سے میرے لٹنے کا تماشہ دیکھتے رہے۔ جب سینکڑوں عصمتیں لٹی ہو۔ اگر میری بھی لٹی تو اس سے کسی کو کیا فرق پڑتا ہے۔ اس ذلیل کا ایک ہی مقصد تھا تم یہ سب جاننے کے بعد مجھے ٹھکرا دو۔ میرا غرور ٹوٹ جائے میں دنیا کو منہ دکھانے کے قابل نہ رہوں۔ میں اس کی نہ ہو سکی تو تمہاری بھی نہ ہو سکوں۔''

وہ اپنا سر پکڑ کر بیٹھ گیا۔ کچھ لمحوں قبل تک وہ اتنے جوش اور غصے میں بھرا تھا کہ اس کا دل چاہ رہا تھا وہ ابھی مہندر کے گھر پہنچ جاتے اور اپنی کرپان سے مہندر کے ٹکڑے ٹکڑے کر دے۔ لیکن پھر جیسے اس پر برف پڑ گئی۔ وہ مدھو کے آنسوؤں کو دیکھ رہا تھا۔ اس کے چہرے پر تھرکتی بے بسی کو دیکھ رہا تھا۔ مدھو کے آنسو دیکھ کر اس کا کلیجہ منہ کو آ رہا تھا۔ اس کے چہرے کی بے بسی اس پر ہوئے ظلم کی داستان سنا رہی تھی۔ ایک عورت کی عصمت اس کا سب سے قیمتی زیور ہوتی ہے وہ اس گہنے کو ساری دنیا سے بچا کر رکھتی ہے۔ اپنے محبوب، اپنے شوہر پر نچھاور کرنے کے لیے، ایک عورت کے لیے اپنے دیوتا کے قدموں میں چڑھاوا چڑھانے کے لیے اس سے بڑھ کر اور کوئی چیز نہیں ہو سکتی۔ اگر اس سے اس کا وہی قیمتی زیور کوئی زبردستی اس چھین لے تو اس عورت کے دل پر کیا

گزرے گی۔ اس کا اندازہ لگانا دنیا کے کسی بھی مرد کے لیے بہت مشکل کام تھا۔

لیکن وہ مدھو کے درد کو محسوس کر رہا تھا۔ اسے خود لگ رہا تھا اس سے اس کی سب سے قیمتی چیز چھین لی گئی ہے۔ اس کی جو زندگی کا حاصل تھا وہی حاصل اس سے چھین لیا گیا ہے۔ وہ اپنے آپ کو مدھو کی طرح بے بس محسوس کر رہا تھا۔ جذبات سے مغلوب اٹھا اور اسے اپنے آپ پر قابو رکھنا مشکل ہو گیا۔ اور وہ بھی مدھو کی طرح اپنے دونوں ہاتھ سے اپنا چہرہ چھپا کر بچوں کی طرح پھوٹ پھوٹ رونے لگا۔

اسے روتا دیکھ کر مدھو کا بھی دل بھر آیا اور وہ بھی دہاڑیں مار مار کر رونے لگی۔ اور شدت جذبات سے بے قابو ہو کر اس سے لپیٹ گئی۔ اور وہ دونوں ایک دوسرے سے لپٹے رونے لگے۔ ایک دوسرے سے لپٹے پتہ نہیں وہ کتنے دیر تک روتے رہے۔

مدھو کی ہچکیاں بندھ گئیں۔ اور اس کا گلا رندھ گیا۔ اس کی بھی ہچکیاں بندھ گئی اور گلا بھر آیا۔ کافی دیر کے بعد وہ ایک دوسرے سے الگ ہوئے اور دو کونوں میں بیٹھ کر بے وجہ کبھی چھت اور کبھی فرش کو دیکھتے پتہ نہیں کیا کیا سوچنے لگے۔ دنوں ایک دوسرے سے نہ کوئی بات کر رہے تھے اور نہ ایک دوسرے کی طرف دیکھ رہے تھے۔ نہ ان کے منہ سے ایک لفظ نکل رہا تھا۔ سسکیاں رک گئی تھیں۔ گلا رندھا ہوا تھا۔ لیکن آنسو رکنے کا نام نہیں لے رہے تھے۔

بہت دیر بعد وہ بولا "مدھو۔۔۔ حالات بہت خراب ہے۔ ایسے حالات میں تمہاری جیسی لڑکی کا گھر سے باہر نکلنا ٹھیک نہیں ہے۔ ایک درندے مہندر کے ہاتھوں تم تباہ تو ہوئی ہو۔ چاروں طرف ہزاروں مہندر بکھرے ہوئے ہیں۔ ہر آدمی مہندر کی طرح جانور بن گیا ہے۔ جس طرح مہندر نے درندگی کا مظاہرہ کر کے حالات کا فائدہ کر اپنے من کی مراد حاصل کر لی ہے۔ میں نہیں چاہتا ہوں کہ کوئی اور مہندر کی طرح حالات کا فائدہ اٹھا

کر تم سے اپنے دل کی مراد پوری کر لے۔۔۔ تم گھر جاؤ۔ اس طوفان کو تھمنے دو اس کے بعد سوچیں گے کہ حالات کا کس طرح مقابلہ اور سامنا کرنا ہے۔ اور ہمیں اب کیا کرنا ہے۔"

"جمی۔۔۔ یہ میری تم سے آخری ملاقات ہے۔ اب میں کبھی تم سے سامنا نہیں کروں گی۔ تم مجھے بھول جاؤ۔۔۔ میرا خیال بھی اب دل میں نہیں لانا۔ سوچنا تمہاری زندگی میں کوئی مدھو نام کی لڑکی آئی ہی نہیں تھی۔ میرے پیچھے اپنی زندگی برباد نہیں کرنا۔ کسی اچھی سی لڑکی سے شادی کر کے اپنا گھر بسا لینا۔" سسکتی ہوئی مدھو بولی۔

"یہ کیا کہہ رہی ہو۔۔۔ مدھو" وہ تڑپ اٹھا "تم میری روح ہو۔۔۔ میری جان ہو۔۔۔ تمہارے بغیر میں اپنی زندگی کا تصور ہی نہیں کر سکتا۔ نہیں۔۔۔ نہیں دنیا کی کوئی طاقت ہمیں ایک دوسرے سے جدا نہیں کر سکتی۔ یہ طوفان تو ایک معمولی ہوا کا جھونکا تھا۔ جو گزر گیا یہ طوفان تو دور اس طرح کے ہزاروں طوفان بھی ہمیں اے دوسرے سے جدا نہیں کر سکتے۔ تم میری ہو۔۔۔ میری رہو گی۔۔۔ ہر حال میں۔۔۔ ہر حال میں۔۔۔"

"نہیں جمی۔۔۔ اب میں تمہاری نہیں ہو سکتی۔۔۔ میں تمہارے قابل نہیں ہوں۔ مجھے بھول جاؤ۔۔۔ مجھے بھول جاؤ۔۔۔" کہتی سسکتی ہوئی مدھو اٹھی اور تیزی سے کمرے کے باہر نکل گئی۔

وہ اسے آوازیں دیتا رہ گیا۔ اور وہ اس کی نظروں سے اوجھل ہو گئی۔ گیلری میں آیا تو اس نے دیکھا۔۔۔ وہ سسکتی گاؤں کی طرف جا رہی ہے۔ لمحہ بہ لمحہ اس سے دور ہوتی جا رہی ہے۔ اور پھر اس کی آنکھ سے اوجھل ہو گئی۔

☆

کبھی لگتا طوفان تھم گیا۔ اور کبھی لگتا یہ تو آغاز تھا۔ ابھی عروج باقی ہے۔ گاؤں کا طوفان تھم بھی گیا تو اس سے کوئی فرق نہیں پڑ تا رہا تھا۔ چاروں طرف طوفان اٹھا ہوا تھا۔ آس پاس کے سارے گاؤں، علاقے جل رہے تھے۔ ہر جگہ وہی مناظر تھے جو نوٹیا میں دیکھے گئے تھے۔ وہی واقعات دہرائے جارہے تھے۔ جو نوٹیا میں پیش آئے تھے۔

ہر گاؤں میں ایک مہندر پٹیل سارا کشش موجود تھا۔ گاؤں میں ایک بھی مسلمان نہیں بچا تھا۔ یا تو وہ آگ میں جل کر مر گئے تھے۔ یا ان کی بے وارث لاشیں گاؤں کی سڑکوں پر سڑ چکی تھیں۔ یا پھر وہ جان بچا کر کسی طرح گاؤں سے بھاگنے میں کامیاب ہوئے تھے۔ اور قریبی شہر کے ایک پناہ گزیں کیمپ میں کسمپرسی کی زندگی گزار رہے تھے۔

پورے گاؤں پر ایک پر ہول سناٹا تھا۔ ہر چہرہ تنا ہوا تھا۔ تنے ہوئے چہرے پر نہ تو پشیمانی کا تاثرات تھے اور نہ ہی فاتحانہ جذبات مستقبل کے خوف سے ایک تناؤ ہر ایک کسی کے چہرے پر تھا۔ مہندر بھائی پٹیل جیسے لوگوں کے چہروں پر فاتحانہ تاثرات تھے۔ اور وہ ایک ایک لمحہ کا جشن منا رہے تھے۔ لوگوں کو جمع کر کے تقریریں کرتے۔ اپنے کارنامے سناتے اور ان کو ان کے کارناموں پر مبارکباد دیتے اعلان کرتے۔

”یہ اکھنڈ بھارت کی راہ میں پہلا قدم ہے۔۔۔“

”چل پڑے ہیں۔۔۔ اب منزل دور نہیں۔۔۔“

”آج گجرات۔۔۔ کل دوسری ریاست۔۔۔“

”ملک میں ایک بھی۔۔۔ ملچھ نہیں بچے گا۔۔۔“

”مسلمان یا تو قبرستان جائیں گے۔۔۔ یا پاکستان۔۔۔“

اب گاؤں میں دھیرے دھیرے خاکی وردیاں دکھائی دینے لگی تھیں۔ اخبار کے رپورٹر اور ٹی وی چینل کے کیمرہ مین آنے لگے تھے۔ لیکن ان کو جو کچھ ہوا اس کی کہانی سنانے والا کوئی نہیں تھا۔ وہ پناہ گزیں کیمپوں سے لوگوں کی کہانیاں سن کر آتے اور ان کے لیے جلے گھروں کی منظر کشی کر کے خبریں بناتے۔

گاؤں کے لوگوں کے زبانوں پر جیسے تالے لگے ہوئے تھے۔ ان کو سختی سے حکم دیا گیا تھا کہ وہ اپنی زبان نہ کھولے۔۔۔ اگر کسی نے زبان کھولی تو اس سے سختی سے پیش آیا جائے گا۔ پریس رپورٹر لوگوں سے پوچھتے کہ کیا اس گاؤں میں اس طرح کے واقعات ہوئے تو جواب میں وہ خاموش رہتے یا کچھ گھاگ قسم کے لوگ اس بات کو جھٹلاتے کہتے یہ گاؤں کے شریف لوگوں کو بدنام کرنے کی سازش ہے۔

اس کا دل چاہتا کہ وہ کیمرے سامنے جا کر کھڑا ہو جائے اور جو کچھ اس نے اپنی آنکھوں سے دیکھا، جو کچھ اپنے کانوں سے سنا، جو کچھ اس گاؤں میں ہوا اس کا ایک ایک لفظ سنا دے۔ لیکن وہ خوفزدہ تھا۔ اس ڈر تھا اگر اس نے سچائی بیان کی، زبان کھولی تو اس کا انجام بھی جاوید سا ہو گا۔

چاروں طرف وحشی بکھرے پڑے تھے۔ وہ وحشیوں سے کے درمیان گھرا ہوا تھا۔ اس لیے ایک کونے میں دبکے رہنے میں ہی اس کو عافیت محسوس ہو رہی تھی۔ اب تک کوئی گرفتاری عمل میں نہیں آئی تھی۔ وحشی دندناتے سارے گاؤں میں آزاد گھوم رہے تھے۔ ان کے چہروں پر فاتحانہ چمک تھی۔ اور آنکھوں میں وحشی ارادے۔ شریف لوگ ان کو دیکھتے تو ان کے کارناموں کو یاد کر کے سہم جاتے تھے۔ اور ادب سے انھیں

سلام کر کے آگے بڑھ جاتے تھے۔

وہ لوگوں کے دلوں میں ڈر، دہشت، خوف کی علامت بن گئے تھے۔ سیاسی لیڈر آتے۔ مگر مچھ کے آنسو بہاتے، دھواں دھار تقریریں کرتے۔ قاتلوں، مجرموں کو نہ بخشنے کا عزم کرتے اور واپس چلے جاتے۔ قاتل، مجرم، وحشی ان کے خلاف نعرے لگاتے۔ وحشت، درندگی، پائندہ باد کے نعرے لگاتے۔ اپنے کارناموں کے تاریخ کے سنہرے اوراق قرار دیتے۔ ایسا لگتا تھا جیسے دنیا سے انصاف، رواداری، سچائی، خلوص، محبت اٹھ گئی تھی۔ بس چاروں طرف نفرت، زہر، فرقہ پرستی چھائی تھی۔ ایک الاؤ دہکا ہوا تھا۔ جس کی تپش چاروں طرف پھیلی تھی۔

دو تین دن سے اس نے دوکان نہیں کھولی تھی۔ رگھو اور راجو بھی کام پر نہیں آرہے تھے۔ اس دن وہ آئے بھی تو اس نے انھیں گھر بھیج دیا۔ ابھی حالات ٹھیک نہیں ہوئے تھے۔ جب حالت دست ہو جائیں گے تو دوکان کھولوں گا۔ دوکان کھول کر بھی کوئی فائدہ نہیں تھا۔ نہ کوئی گاہک آنے والا تھا نہ دھندہ ہونے والا تھا۔ سارا وجود غم کا صحرا بنا ہوا تھا۔ کتنے غم تھے ان کا شمار کرنا مشکل تھا۔ گاؤں میں ہونے والے واقعات کا غم، جاوید کی موت کا غم۔۔۔ اور اب سب سے بڑھ کر مدھو کی بربادی کا غم۔۔۔ مہندر کی درندگی کا احساس۔۔۔ ان باتوں کو یاد کر کے کبھی خون کھول اٹھتا تو کبھی وجود پر ایک بے بسی چھا جاتی اور دل خون کے آنسو رونے لگتا۔

وہ افسردہ سا دوکان کے باہر کرسی پر بیٹھا تھا۔ اسی وقت سامنے سے مہندر پٹیل فاتحانہ انداز میں چلتا ہوا آیا۔ ”کہو سردار جی کیسے ہو؟ تم بچ گئے؟ بڑی بات ہے؟ مجھ سے دشمنی لے کر بھی زندہ ہو۔۔۔ ورنا پورے گاؤں میں میرا کوئی بھی دشمن زندہ نہیں بچا ہے۔“

اس نے کوئی جواب نہیں دیا سر اٹھا کر خالی نظروں سے مہندر کو دیکھا۔

"اوہو۔۔۔ ہاں۔۔۔ شاید تمہیں اصلی بات تو معلوم ہی نہیں ہوئی۔ سچ مچ تمہیں اس بات کا پتہ نہیں چلا ہو گا۔ ورنا ان آنکھوں میں یہ خالی پن نہیں ہوتا۔۔۔ آگ ہوتی۔۔۔ مدھو سے بہت پیار کرتے ہو نا؟ مدھو بھی پیار کرتی ہے تمہیں۔ مدھو جو میری ہے۔ جس پر صرف مہندر پٹیل کا حق ہے۔ وہ مدھو تمہاری ہو گئی تھی۔ اور تم پر اپنا تن من دھن سب کچھ نچھاور کرنے کے لیے تیار تھی۔ مہندر پٹیل کو ٹھکرا کر۔۔۔"

مہندر رک گیا اور اس کے چہرے کے تاثرات پڑھنے کی کوشش کرنے لا۔ وہ خالی خالی نظروں سے اسے گھورے جا رہا تھا۔

"لیکن اب مدھو تمہاری نہیں رہے گی۔ مدھو اگر عزت دار باپ کی بیٹی ہو گی تو تمہارے قریب بھی نہیں پھٹکے گی۔ اور مدھو کی اصلیت جان کر تو تم مدھو کی صورت دیکھنا بھی قبول نہیں کرو گے۔۔۔ اب مدھو زندگی بھر ایک رنڈی بن کر زندہ رہے گی۔ ایک رنڈی جس کو میں جب چاہوں تب استعمال کروں گا۔"

مہندر کی بات سن کر اس کے کانوں کی رگیں پھڑکنے لگیں۔

"شاید تمہیں معلوم نہیں ہے۔۔۔ مدھو کے ساتھ میں سہاگ رات منا چکا ہوں۔ مدھو کے کنوارے پن کو میں ختم کر چکا ہوں۔ مدھو کی جوانی کا ذائقہ سب سے پہلے میں نے چکھا ہے۔ اب وہ باسی ہے۔ تم باسی کھانا کھاؤ گے؟۔۔۔ کھاؤ۔۔۔ اگر تم مدھو کو اپنا بھی لو۔۔۔ تو مجھے کوئی فرق نہیں پڑے گا۔۔۔ وہ میرا باسی۔۔۔ جھوٹا چھوڑا ہوا کھانا ہے۔ جسے تم زندگی بھر کھاتے رہو گے۔۔۔ تو سردار جی۔۔۔ میرا جھوٹا کھانا پسند کرو گے؟۔۔۔ کر لو مدھو سے شادی۔۔۔ لیکن اس کے ساتھ سہاگ رات تو میں منا چکا ہوں۔۔۔ اس کے ایک ایک انگ سے کھیل چکا ہوں۔۔۔ اس کے جسم کا ایک ایک حصہ اپنی آنکھوں سے

برہنہ دیکھ چکا ہوں۔۔۔ اسے بھوگ چکا ہوں۔۔۔ آہا۔۔۔ آہا۔۔۔ آہا۔۔۔ جاؤ میری جھوٹی چھوڑی مدھو کو بھوگو۔۔۔ آہا۔۔۔ آہا۔۔۔"

"مہندر" اچانک اس کے منہ سے ایک چیخ نکلی "کمینے میں تجھے زندہ نہیں چھوڑوں گا۔۔۔ تونے میری مدھو کو برباد کیا۔۔۔ میں چپ رہا۔۔۔ اب تو اسے ذلیل کر رہا ہے۔ تو زندگی بھر اس طرح میری مدھو کو ذلیل کرتا رہے گا۔ اس لیے اب میں تجھے زندہ ہی نہیں چھوڑوں گا۔۔۔ بولے سونہال۔۔۔" کہتے ہوئے اس نے کرپان نکالی اور مہندر کی طرف لپکا۔

مہندر اس نئی سچویشن سے گھبرا گیا تھا۔ مہندر نے خواب میں بھی نہیں سوچا تھا کہ جمی اس طرح کا کوئی قدم اٹھائے گا۔ اس کے ہاتھوں میں ننگی کرپان تھی اور وہ کرپان لہراتا ہوا اس کی طرف بڑھ رہا تھا۔

"نہیں" چیختا ہوا وہ گاؤں کی طرف بھاگا۔ عجیب منظر تھا۔ مہندر جان بچا کر کتوں کی طرح بھاگ رہا تھا۔ اور جمی اس کے پیچھے ہاتھ میں ننگی کرپان لیے دوڑ رہا تھا۔ جو بھی اس منظر کو دیکھتا۔ خوفزدہ ہو کر ایک طرف ہٹ جاتا۔ اور دونوں کو راستہ دے دیتا۔ جیسے ہی مہندر اس کے قریب آتا وہ اپنی کرپان سے اس پر وار کرتا۔ مہندر چیخ کر گرتا۔ لیکن اس سے پہلے کہ وہ اس پر دوسرا وار کرے مہندر پوری طاقت یکجا کر کے اٹھ کھڑے ہوتا اور بھاگ جاتا۔ جمی پھر اس کے پیچھے ننگی کرپان لے کر دوڑتا۔

جہاں موقع ملتا وہ کرپان سے مہندر کے جسم پر وار کرتا۔ مہندر سر سے پیر تک خون میں ڈوبا ہوا تھا۔ لوگوں نے اس سے بھی ہولناک مناظر دیکھے تھے۔ لیکن ایسا منظر نہیں دیکھا تھا۔ کل کا یودھا بے بس، بے یارو مددگار اپنی جان بچانے کے لیے بھاگ رہا تھا۔

کل تک جو لوگوں کی موت کا بنا ہوا تھا آج موت اس کا تعاقب کر رہی تھی۔ کسی میں اتنی ہمت نہیں تھی کہ وہ جمی کو روکے۔

جمی اپنی کرپان سے مہندر پر وار کیے جا رہا تھا۔ آخر زخموں کی تاب نہ لا کر مہندر زمین پر گر پڑا۔ خون میں لت پت مہندر آخری بار تڑپا اور پھر ساکت ہو گیا۔ نڈھال ہو کر جمی کرپان کا سہارا لے کر زمین پر بیٹھ گیا۔ اور پھوٹ پھوٹ کر رونے لگا۔

لوگ اس کے سینکڑوں میٹر دور دائرے کی شکل میں کھڑے اسے خوف سے دیکھ رہے تھے۔ کسی میں اس کے قریب آنے کی ہمت نہیں تھی۔

وہ مسلسل رو رہا تھا۔۔۔۔۔۔۔۔!!

* * *

شوکت حیات کا ایک یادگار ناولٹ

سرپٹ گھوڑا

مصنف: شوکت حیات

بین الاقوامی ایڈیشن منظر عام پر آچکا ہے